时代长镜头

浮生掠影

刘涛\主编

经济日报出版社

图书在版编目（CIP）数据

时代长镜头．浮生掠影/刘涛主编．—北京：经济日报出版社，2019.12

ISBN 978－7－5196－0634－3

Ⅰ．①时… Ⅱ．①刘… Ⅲ．①新闻一作品集一中国一当代 Ⅳ．①I253

中国版本图书馆 CIP 数据核字（2019）第 301404 号

时代长镜头·浮生掠影

作　　者	刘　涛 主编
责任编辑	黄芳芳
责任校对	杨欣萌
出版发行	经济日报出版社
地　　址	北京市西城区白纸坊东街 2 号 A 座综合楼 710（邮政编码：100054）
电　　话	010－63567684（总编室）
	010－63584556　63567691（财经编辑部）
	010－63567687（企业与企业家史编辑部）
	010－63567683（经济与管理学术编辑部）
	010－63538621　63567692（发行部）
网　　址	www.edpbook.com.cn
E－mail	edpbook@126.com
经　　销	全国新华书店
印　　刷	北京建宏印刷有限公司
开　　本	710×1000 mm　1/16
印　　张	16.25
字　　数	179 千字
版　　次	2020 年 3 月第 1 版
印　　次	2020 年 3 月第 1 次印刷
书　　号	ISBN 978－7－5196－0634－3
定　　价	42.00 元

序言
Preface

大时代，小人物

□刘涛

我常常在想，个体与时代相遇，会发生什么，又会留下什么。

时代是一场大戏，每个人都是其中的一个角色，或轻或重。有人拨弄着时代的浪花，乘势而为，成为聚光灯下的宠儿；有人拼命地活着，尝试在历史大幕上投下些许残影。每个人的故事不尽相同，但都无比真实。那些让人泪流满面的叙事，无一不是对真实的真诚演绎。因为，没有比真实更让人动心的故事。

立足人物，走近时代，一个绕不开的认识命题就是历史及其叙事。我们需要什么样的关于历史的叙事？进一步说，小人物的故事和命运，是否被讲述者置于正当的历史位置上？

什么是历史？历史就是一部分人告诉另一部分人过去发生了什么。“一部分人”是谁，“另一部分人”又是谁，通过何种方式“告诉”对方，这已经超越了简单意义上的信息传播命题，而是在回应更大的“历史叙事”问题。历史叙事的常规操作是，首先按照主流意识形态的规约，确立重大事件、重大议题、重大人物，然后在时间维度上发现、建立，甚至重构它们之间的逻辑勾连，使其成为一种相对封闭的叙事。

为什么关注小人物的微观记忆？因为我们致力于打开历史叙事之外的另一种可能，打捞通往历史话语的另一种“言说方式”。必须承认的是，记忆是对宏大历史叙事必要的补充和延伸，它赋予坚硬而冰冷的历史一定的温度和细节。当历史超越了纯粹的“话语”维度，获得“人”的视角和叙事，这样的历史才是丰满的，冒着“热气”的。

与此同时，记忆虽然微弱，缺少逻辑，却保存了历史叙事所不具备的“另一副面孔”。相对于历史叙事所提供的理性、结构性、逻辑性和总体性，普通人物的微观记忆是感性、碎片化、非连续性的，其与生俱来的属性就是对逻辑和话语的拒绝。打捞那些被主流叙事忘却的微观记忆，有助于我们建立一种高贵的反思框架，从微观命运中审视历史的话语及其合法性，进而与宏大话语保持一定的公共距离。所谓的历史担当，恰恰来自于我们对历史及其叙事的完整认识。

因此，历史叙事与微观记忆的“相遇”，可以是一种携手共进的状态与过程。贾平凹说：“你在写一个人的故事的时候，这个人的命运发展与社会发展在某一点交叉，个人的命运和社会的时代的命运在某一点契合交集了，你把这一点写出来，那么你写的虽然是个人的故事，而你也就写出了社会的时代的故事，这个故事就是一个伟大的故事。”

五年前，我们穿越十年中国，记录时代的瞬间，出版了两本学生新闻采写作品集《100个人眼中的中国十年·记录》和《100个人眼中的中国十年·行走》。这是不同于主流媒体的另一种叙事，一百多篇文章，无不聚焦“大时代，小人物”这一主题，思考个体与时代的相遇“方式”。

五年来，风云变幻，宏大议题接连上演——2015年抗战胜利70周年，

2016年红军长征胜利80周年，2017年香港回归20周年，2018年改革开放40周年，2019年新中国成立70周年。我们昂首迈入了又一个“大时代”。过去有太多值得感慨的故事，而我们依旧相信，最真实、最有力量的中国故事，岂能绕开人的命运？个体的故事和命运里，保留了关于时代的所有注解。

一位老人，从普通农民到全旗第一位“万元户”，在时代浪潮中，千难万险，又柳暗花明。

一个农村孩子闯出山林，当上令人称羡的医生。殊不知，他是在强辐射的伤害下坚持着日复一日的手术，而其收入远比不上这份付出，有时候还要面临患者的不理解。

一个缅甸姑娘，偶然接触了汉语，却单纯地因为热爱而放弃上大学、当工程师的机会，来到中国求学，立志从事汉语教育。

农民、医生、学生，都不过是你我身边的小人物，却又都带着大时代的烙印。小人物的切身经历，才是时代最真实的反映。透过他们的故事，我们或许能拼出一幅更完整的时代图景。

冯骥才说，以我的感受，大人物的经历不管多么跌宕起伏，也不能和小百姓相比。大人物的问题总容易解决，小百姓们如果没碰对了人，碰巧了机会，也许很难遇到命运的晴天。

2019年，恰逢新中国成立70周年，一个时代的流金岁月在这一刻彰显。我们自豪地回望过去，始终没有忘记“大时代，小人物”这一主题。多年来，我一直教授《新闻采写》课程，我和学生们努力走进小人物的生命，聆听他们的故事，尝试为百年后的中国留下一些真实的往事、一群可爱的面孔、一段宝贵的史料。

于是，我带着学生反复打磨，屡次修改，最终呈现给读者《风雨路》《铺路石》《浮生掠影》《烟火人家》《新青年》五册新闻采写作品集，命名为“时代长镜头”系列。我们的思路非常清晰，即寻找个体命运与时代脉搏之间的共振，并通过“长镜头”的方式，将这种共振状态完整地纪录下来。

长镜头在电影中是一种特殊的表达方式，即用单个长时间拍摄的镜头而非切换的镜头来进行表达。连续的时空中，长镜头聚焦、定格，喜怒哀乐、世间百态、人间烟火，刹那永驻，沉在历史的长河中。斑驳光影掠过，我们试图留住片刻。对于时代变化的展现，我想，让更多小人物出现在镜头里，就如同把被遗忘的碎片放回到时代的拼图中，呈现出时代的细微之处。

我们期望，在这里，你能看到社会百态、风雨人生。在这里，时空交织，瞬间即是永恒。在这里，看见瞬间，理解中国。

“山上层层桃李花，云间烟火是人家。银钏金钗来负水，长刀短笠去烧畲。”刘禹锡笔下的山景之美，来自山村人家的劳动之美。《烟火人家》一册记录的正是这样一群为未来奋斗和坚守的人，分为“恒”“守”“归”“根”四部分。一位突发摄影记者把自己比喻为空降兵，一个电话指哪奔哪，曾雪夜追车，曾走入汶川，曾逼近日本福岛，只为记录和展示真实。一个农村青年早年漂泊，最后选择回到乡村当教师，是转折，也是人生归宿，更是一辈子的责任。两位印尼华侨年少时不约而同地回国，投身祖国建设，只为那颗赤子之心。怀揣相同梦想的两人渐渐走到一起，成了眷属，携手共见证祖国的发展。两人初心未改，终收获了当下的安逸幸福。

但努力拼搏的过程往往是不平静的。不可阻挡的时代潮流涌来，小人物浮浮沉沉，顺流而下。在这些漂浮的人生中，我们摘取了努力适应潮流、拼命向前游动的故事，分为“磨”“炼”“绽”“放”四部分，收录在《浮生掠影》中。改革开放潮流中，一个来自小山村的青年顺流南下到深圳打拼，从当工人到卖猪肉再到边卖猪肉边打零工，一心想在深圳买下一套房，成为真正的深圳人。1977 年，中国恢复高考制度，另一位农村人盼来了出头之日，殊不知这条路走得格外曲折，所幸最终也遂了改变命运的愿望。

回顾这一路，风雨兼程，砥砺前行。时代的发展不总是一帆风顺，小人物的或悲或喜是他们的，也是时代的。段段前进路上的挣扎、坎坷、曲折被收录在《风雨路》中。有一群人，他们想要把家安在城市，但又深知自己的根在农村，一直在往返，渐渐迷失，留不下，也回不去。有一群人，在岗位上兢兢业业，但问题说来就来，也不知是自己不够努力，还是造物弄人，有的人选择随时代浪潮走，有的人则坚持走自己的路。这些磕磕绊绊的人生故事分别以“田园将芜胡不归”“山重水复疑无路”“千磨万击还坚劲”三个篇章在《风雨路》中呈现，以窥见和反思时代前进中的问题。

风雨不停，但还好有默默奉献、甘当铺路石的一群人在为时代的未来铺设一条康庄大道。诗人左河水如此描写铺路石：“许身路径亦凌空，烈日冰霜伴夏冬。承踩扛压迎送乐，为因大众赴前程。”他们或在用一生守护前人留给我们的文化遗产，或在社会主义市场经济体制下开荒拓土，或在基层岗位上奋斗拼搏，不为人所熟知，却用心血和汗水为中国发展打下了坚实基桩。这样的故事被集结在《铺路石》一册中，该册包括“时间走过”“扬起风帆”“跌宕起伏”“栉风沐雨”“生生不息”五部分。

凡为过往，皆为序章。回望过去是为了更好地计划未来，而那颗不安于现状的心正是新潮流的起点。因为钟情于表演，她不甘受限于家庭条件，在网红圈努力开创自己的道路；因为执着于独立调查，他蜗居于 7 平方米的家，艰难经营自己的自媒体平台；因为痴迷于摇滚，他不愿囿于安逸的生活，拿起鼓槌奏起独一无二的人生曲。《新青年》中这样的青年人物比比皆是，他们躁动不安的心既为时代所形塑，也推动着时代的前进。该册包含“时间的沙”“上帝的门”“心里的锁”“船上的人”四个篇章，叩问心灵，寻找梦想。

在时代的巨浪中，小人物浮浮沉沉，或拥有美好回忆，或留下遍体鳞伤的痛苦，但他们的故事都印证着社会浪潮的翻滚、岁月流过的痕迹。闭上双眼，过往的时光一幕幕闪现于脑海，缝合起来便是人生的片段。拿起笔，鲜活的故事一段段跃然纸上，收录成书便是时代的缩影。

70 年，有人沉默，咬牙在绝境中披荆斩棘；有人坚忍，负重在潮流中奋力前行；有人勇敢，迎变在迷雾中努力探索；有人智慧，借机在变革中脱胎换骨……

道不尽人间烟火，数不清浮生掠影。“时代长镜头”系列丛书的出炉，离不开多年来参与稿件编辑和校对的学生们，他们是朱思敏、刘倩欣、蔡楚萍、许诗颖、关星杨、邹露、金雅如、赵媛媛、卢琳绵、连紫嫣、陈雪仪、郭美婷、董欣迪、梁思华。

时代长镜头里，记录着“大时代，小人物”的风雨人生。70 年，我们带上厚重的过去，朝着梦想再出发。

往事，再回首；烟火，是人家。

是为序。

目录
Contents

Chapter I 磨 / 001

砥砺前行，与共和国同龄的人 / 003

而立之前　顺流而上 / 014

改变命运的高考 / 023

十年冷暖 / 035

“我仍在寻找一个没有答案的答案” / 043

翻越那座山 / 055

往事如烟 / 066

Chapter II 炼 / 073

奔波风雨中 / 075

年近半百，老麦走过的路 / 086

浮萍南漂，心系家乡 / 097

城市街角卖报的十年生涯 / 107

十年终成深圳人 / 114

“36 床呼叫” / 119

Chapter Ⅲ 绽 / 125

漂洋过海的留学生涯和桑梓情怀 / 127

回到原点 / 138

锦 旗 / 152

从工人到教授，从高考场到暨南园 / 163

被命运“拉扯”的 34 年 / 171

“第一批”的例外 / 179

“三峡好人”在崇明 / 184

Chapter Ⅳ 放 / 191

中国老兵李志强 / 193

一条红旗渠铭记一辈子 / 201

身份在变　乡愁不变 / 214

时代的“见证者” / 221

书生的别样人生路 / 228

砥砺笃行，翱翔蓝天 / 239

Chapter I
磨

砥砺前行，与共和国同龄的人

肖玉，在我的家乡是一位家喻户晓的“传奇人物”。1949 年出生的她是一位地地道道的农民、一位带有历史烙印的“劳改犯”的妻子、全旗第一位“万元户”……

逃离

1979 年，三十岁的肖玉做出了一个“惊人”的决定，这个甚至没有进过城的农村妇女决定独身一人带着刚满十一岁的儿子北上“寻夫”。

从广东老家梅州八尺镇到丈夫所在的内蒙古扎赉特旗伍他其劳改农场要横穿六个省市，有四千多公里。仅读过三年学的肖玉对此并没有什么概念，她只希望能够“逃离”家乡的一切，“逃离”旁人的指指点点，“逃离”孤独与思念。

肖玉原本有一个还算美满的家庭，年长其 24 岁的丈夫是小镇上唯一的大学生，风度翩翩，谈吐不俗，“和那些庄稼汉一点都不一样”，回忆起丈夫，肖老人的脸上还会泛起如少女一般的红晕。

肖玉是家里的长女，在她的记忆里，重男轻女的父母除了农务家务，从未多问过她一句。丈夫是第一个愿对她嘘寒问暖的人。婚后的生活虽然清贫，但肖玉却觉得格外甜蜜。多才多艺的丈夫会在农闲时给她表演口琴，或者读一段小说故事。尽管一日的农忙让她甚是疲惫，但肖玉听故事总是入迷，她最喜欢《精卫填海》的故事。

银白的月光洒在院子里，伴着丈夫轻柔的声音，地上两人的影子交融在一起，肖玉想，她总算有了个家。

原以为日子就会这样平平淡淡地过下去，可那场十年浩劫却打破了肖玉对美好未来所有的幻想。

1969 年，肖玉的丈夫遭到政治检举，被发配到远在数千里外的内蒙古自治区服刑。从丈夫被带走到被发配，肖玉没有见到他一面，所有亲朋好友为了避嫌，都不敢对她施以援手。这个倔强的妇女便硬是在看守所外等了两天两夜，可等到的却是丈夫早已被转移等待进一步处理的消息。

那时肖玉的长子刚满一岁，可孩子还未记住父亲的模样便就此天各一方，这一别，相隔整整十年。

十年里，肖玉只能通过书信了解丈夫的近况。在邮局工作的二姨见她着实可怜，总是偷偷地将肖玉丈夫写来的家书藏在厨房的碗柜里，好让她以借米借盐之名把信取走。

每次来信，二姨总会在家门前的槐树上挂块红布，满树白花中一抹亮眼的红，那是那时肖玉记忆里最好的风景。

由于不大识字，肖玉每次都请丈夫的妹妹到家里来把信念给她听，往往还没等念完一句话，“眼泪就先掉下来了，谁都苦”。

可她只能把苦往心里咽。

八尺镇山多地少，土地贫瘠，产粮本就不多，是当时出了名的贫困镇。那时，人们一切衣食住行都要靠生产队分配，而挣工分是获得生活物资最主要的方式。成分不好，还是“劳改犯家属”，在那个特殊的年代，肖玉每次都被分到最苦最累的活儿，却只能拿最低的工分。

为了不让孩子挨饿，她几乎从早到晚不停地工作，为了多挣一点，肖玉自愿去帮忙凿山开路，近百斤的石块靠人工运下山去，因为石头太重，箩筐的肩带深深勒进肉里，几趟来回，皮肤被肩带磨出了血，染红了衣裳，可她却浑然不知，可即便如此，一家人也仅够温饱。

“我大小子长到四岁前我都没吃过一顿饱饭啊”，尽管不愿多说，但每谈到那段艰难岁月，肖玉的情绪总是格外激动，几度落泪，采访也因老人情绪波动太大数度中断。

即使时隔多年，往事于她而言似乎并不如烟。只上过小学三年级的她从未想过那段苦难因何而起，像所有朴实的农民，老人将一切归结为命运。丈夫出事后，肖玉开始信佛，一开始只敢在四下无人时双手合十祈求丈夫安泰，往后条件放开了些，每日诵经祈福便是她雷打不动的功课，直到今天她依旧保持着这个习惯，连访谈时仍不忘时刻拨着念珠，她说：“心存善念，必有福报。”

福报真的来了。

1979 年，刑满释放的丈夫来信说由于自己表现良好，被提拔为劳改农场的生产队队长，允许家人移居同住。

肖玉乐疯了，挨家挨户地通知亲朋好友，她终于盼来了一家团圆的机会。可反对声却不绝于耳，“那是个‘劳改犯’”“别耽误下半辈子了”“这是不孝”“几千里远，去了什么时候回得来”……连为着“避嫌”久未联系的父母都上门来劝说肖玉留下——他们害怕长女走了，靠着整日只知道游手好闲的儿子，自己养老没有着落。

但肖玉决心已定，谁都拗不过这个敢以柔弱之躯以抗百斤巨石的女人，她要离开这里，到有家的地方去。

1979 年 7 月 25 日，带上不多的行李与所有的积蓄，肖玉和儿子坐上前往广州的汽车。当时没有直达内蒙古的铁路，他们只能从北京转车，而广州是最近的中转站。

从八尺镇到广州有近十六个小时的车程，肖玉第一次坐汽车，才开出县城她已吐得昏天地暗，可辛苦远不止如此。

不会说粤语的肖玉到了广州却怎么也问不着到火车站的路，她只能牵着儿子在到附近走走，看能不能碰上听得懂客家话的好心人。

那是肖玉第一次到广州，和偏僻闭塞的家乡不同，这里的街道车水马龙，老人至今记得宽阔的路面上，许多年轻的女孩骑着单车呼啸而过，“她们穿的呢子布我从没见过，好看着呢，还有那么多自行车，那时我们整个镇都找不出五辆来”。街边的骑楼下有许多店铺，甚至还有不少小商贩沿街叫卖，年幼的儿子吵嚷着要买小摊上的甜食，肖玉却赶忙拉走他，她害怕自己跟那些“投机倒把”的人扯上什么关系。

等了好半天，肖玉终于在一位老乡的指领下找到了火车站。没钱住旅馆，肖玉便与儿子在候车厅里睡了一夜。因为是第一次出远门，肖玉扯下裤带将儿子和自己的手，还有行李牢牢地拴在一起，结果第二日醒来却发现绳子系得太紧怎么都解不开。候车厅的喇叭已经催着登车了，肖玉急得满头大汗，想走却迈不开步子，样子十分滑稽，最后只能拿刀将布条剪断，这是那场漫长旅途中母子俩最有趣的回忆。

好不容易坐上车，刚满十岁的儿子兴奋得坐不住，不住地往窗外望着，他对所有未知的一切都非常好奇。而肖玉的心里，却是五味杂陈：未来会是什么样子？家乡还回得去吗？丈夫过得如何？太多疑惑与问题涌了上来，肖玉看着窗外不断变换的风景出了神，她想起了丈夫讲的《精卫填海》的故事，或许只要一家人在一起，再难也能熬过去吧，就像精卫填海一样，总能把苦难填平的……

走入新天地

坐了整整六日的火车，肖玉与儿子总算到了江桥镇——那是离丈夫所在劳改农场最近的火车站，却还有十八公里的路要赶。没有可乘的交通工具，肖玉和儿子只能靠步行，而这里有着和故乡完全不一样的风景。

黄泥路两旁是一望无尽的草原，满眼翠绿之中偶尔能看到零星几个白点，那是牧人在赶着牛羊。那样宽广的土地上只有一条路，肖玉走了好几里却没碰见一个人，偶尔有马车经过，不管认识不认识，车夫总愿意搭他们一趟顺风车——可以有个人说说话。除了广袤的草原，肖玉还看到了大片大片的农田，快要成熟的麦穗饱满得似要坠下来，车夫说那是这个区生产队新开的田，仅一小片就够全队人几个月的口粮，“那剩下的怎么办？上头不收吗？”肖玉满腹疑问，车夫却好笑道：“这是自治区，本地区物产不用上交国家的，自给自足还享受国家补贴呢。”

走走停停，肖玉和儿子终于在日暮时分达到了丈夫所在的扎赉特旗伍他其农场满达队。还没等走近村子，远远地就在路口看见个瘦高的身影，肖玉一下便迈不动步子了，她定定地站在那儿，眼泪止不住地掉，却喊不出一声。

百米外是她整整十年未见的丈夫，这十年来的心酸苦楚，彻骨思念全为这一刻的相见，而真等一切触手可及时，肖玉却觉这似一场梦一般太不真实，可她却清清楚楚地看着那张睡梦中无数次出现的脸轮廓越来越清晰——好像更瘦了些，更黑了些，还有了好多从前未见的皱纹；她清清楚楚地看着那个熟悉的身影，一步一步地朝着她走来，直至来到她的面前，握着她的手，同样满眼泪水，难言一语，肖玉知道她渴望多年阖家团圆的梦想终于实现了。

纵是历经千难万险，柳暗花明之后，又是一片新天地。

一家团圆后的第一顿饭是在队里的朋友家吃的，即使如今七十岁的肖老人时常会记混两个孙女的姓名，她却清楚地记得当时饭桌上的每一道菜：一盘炒鸡蛋、一盘清炒豆角、一盘辣椒炒肉还有一条清蒸河鱼——对于以往只能勉强果腹的肖玉而言，这无疑是一顿大餐。而令她更想不到的是，这样的大餐日后几乎天天都出现在了家中的餐桌上。

丈夫告诉肖玉，扎赉特旗是难得的黑土地，土壤十分肥沃。在自治区，生产队的产粮不用上交国家，所有物产都可以由各队自行分配给队员。但是这在八尺镇是完全不可想象的事情，队里所产的粮食全都要按时按量上交，贫瘠的土地本就产粮不多，交公后更是所剩无几，肖玉记得每年镇里都有因营养不良而早夭的孩子。

自给自足，多劳多得，只要肯干就能过上好日子。这些话语不断冲击着肖玉，原以为阖家团圆已完成了最大的心愿，如今还有了依靠勤奋致富的机会，肖玉觉得自己一刻也闲不住了。每日五点起身料理农务，肖玉一个人就管着近 30 亩的土地，小麦、玉米、花生……有什么种什么，种什么都是丰收。

农闲的时候，肖玉还会去附近的河边捕些鱼虾，只要把三四十米长的网撒下去，几个钟头后拉上网来，就能有四五十斤，多到吃不完只能拿去喂猪。不是农忙的季节肖玉就养些家禽，家里的后院有着三四头猪、两匹马、一匹骡子，鸡鸭更是不必说，哪怕不是逢年过节，肖玉每月都会让儿子喝上一两顿鸡汤补身体。

短短一年，肖玉便成了全队工分最高的人，谁都夸她能干。家里靠工分挣的粮食吃不完，丈夫和儿子每月还能分到七十五斤的公粮，肖玉第一次为粮食太多而发愁。不过很快她发现了解决的办法：附近的牧民每隔几月便要赶几十里的路去县城买粮食，一次既买不回多少，来回奔波还甚是辛苦，肖玉想着既然自家的粮食吃不完，能不能卖些给他们补贴家用？

那是1980年，十一届三中全会宣布将工作重点转移到四个现代化建设上来后，肖玉明显地感受到了身边不一样的变化——赶集的日子越来越多，集市上商品的种类也越来越多样，以往大家都以物换物，换的东西也多是农产品和牲口，如今零食、玩具、锅碗瓢盆应有尽有，肖玉甚至还看到了那时她在广州见到的时兴呢子布。

政策开放了，精明的肖玉当然不想放过这个机会。她找到附近的牧民，挨家挨户地推销粮食，省事方便价格还公道，一趟下来肖玉就有了好几个“客户”。生意做熟了，肖玉便把牧民介绍给队里其他有余粮的人，一传十十传百，慢慢地，附近的牧民们都来队里买粮食。大伙生产兴致空前高涨，往日安静的农场顿时变得热闹起来，每周都有马车来队里买粮，丰收的时候，买粮的马车甚至排到了农场外，队里的人均收入也翻了一番。那一年，肖玉因为带着大家一同致富被评为全旗的劳动模范。

成为万元户

1983年发生了一件“惊天动地”的大事，已经从满达生产队队长变为满达村村长的丈夫在全村大会上宣布国家实行包产到户、包干到户的政策，各家各户不仅能按人数分到土地，还可以自行承包多出来的田。只要交足一定的比例，剩下的所有产出都归己所有。

能有自己的地，还能承包更多的田，产的粮还能任由自己分配，这在以前是从来不敢想的事儿，大伙儿对此议论纷纷，连一向大胆敢为的肖玉也觉得难以置信。

各家的自留地分下去了，可场里多出的好些田却没人敢承包。那么多的地，要承包肯定得雇人干活，自留地的产粮已足够糊口，承包地产的粮肯定是为了拿去卖，这算不算“留着资本主义的尾巴”？眼见好好的地荒废在那里，肖玉和丈夫每家每户的跑，挨个做思想工作，可村里不少人都是因“投机倒把”罪被判来这里劳改的，大伙儿对国家的新政策都持观望态度。

肖玉没办法，只得自己带头，做第一个“吃螃蟹的人”。

农场的后山下有近百亩的土地闲置，肖玉全都承包了下来，雇了几个胆子大的村民在农闲时来帮忙，肖玉自己当起了“工头”。可产的粮卖给谁呢？这地界最不缺的便是粮食，肖玉犯了愁。

既然这里不缺粮，那就把粮食卖到缺粮的地方去吧。肖玉想起了丈夫在城里开饭馆的朋友每回来都要抱怨城里买粮艰难，城里不产粮食，那就把粮食卖到城里去！

带着丈夫的信，肖玉即刻便动身前往朋友所在的城市，凭着熟人交情，她成功拿下了第一单——一百五十斤面粉和七十斤玉米。原来找她买粮的牧民们听说肖玉承包了地，也纷纷推荐相熟的人来找她定粮，肖玉的生意越做越多，名气也越来越大，而且她签账从来都抹零头，遇着相识有交情的客人还总是打折，因为肖玉深知做生意不仅是做买卖，更是做人情。

村里人看肖玉生意做得红火，也开始慢慢放下顾虑，承包土地卖粮。卖的人多了，利润就来了，肖玉想着，日常的蔬菜粮食太便宜，肉类大约四角一斤，青菜只要一分钱一斤，想要致富还得找别的出路。

扎赉特旗的冬天异常寒冷，平均气温只有零下25℃。在那样冷的天里，人们无法劳作，一家人围炉烤火，唠嗑谈天是冬日里的常态。当地人喜欢聊天时嗑瓜子，可在本地却没人种，只能上县城买，很麻烦，还贵。肖玉从这里又发现了商机。

没人种过葵花，肖玉又当了“第一个吃螃蟹的人”。虽然这里土地肥沃，日照也充足，可最热的季节也不超过25℃。葵花不耐寒，种了两三拨，还没结籽花便谢了，肖玉为此烦恼不已，时时刻刻都在想着怎么种葵花，“跟着了魔似的，连吃饭都在想，人也一天比一天瘦”。

担心她的丈夫坐不住了，跑去城里的图书馆翻了一天的农书。肖玉在地里划了好几块“实验田”，换着法子给葵花保温，从早到晚扎在地里，站久了，一天下来腿都肿得走不动路。

夫妻俩不知道为了种葵花跑了多少里路，请教了多少位老农，苍天不负有心人，最后终于找到了方法。第一批葵花丰收时，肖玉站在田垄上激动地直掉泪，一家团圆后她便没哭过，身旁的丈夫打趣她，说简直比那时自己平反还要高兴。

瓜子果然大卖了，本地产的瓜子比外头运来的便宜许多，第一批刚卖出去，就有人来定下一批。靠着敏锐的商业嗅觉和踏实肯干的良好品质，肖玉的买卖越做越大，条件也越来越好，家里不仅买了电视，甚至还装了卡拉OK，那是当时的新潮货。

1989年，她成了扎赉特旗第一位“万元户”。在那个时代，国家正式工的月工资也才24元，丈夫作为退休村干部，一月也只有七十二块的工资，一万元无疑是笔巨款。旁人都说那是她勤劳，肖玉却觉得若是没有国家的好政策，或许她还是那个在偏僻乡村苦苦等待命运垂怜的“劳改犯家属”。

如今已经七十岁的肖老人和儿孙回到了家乡定居，落叶归根是老人最后的心愿。回顾肖老人的一生，从一个人撑起一个家到第一位万元户，她人生的跌宕起伏总与时代命运紧紧相连。老人最喜欢《精卫填海》的故事，而她本人就像精卫鸟一样，无论面对多大的苦难险阻，在大风大浪前也未有退缩。她总是迎着风浪奋勇向前，像改革开放中无数的先行者一般，肖老人靠着自己的智慧与坚毅一次次战胜困难与险阻，成为了时代的弄潮儿。

一位晚辈这样评价这位老人：“她是一位尽职尽责的妻子与母亲，一位勤劳而又充满智慧的农民，一位紧跟时代命运的砥砺前行者。”

（文中人名均为化名）

（文 / 冯彬婕）

而立之前　顺流而上

“要记住，我们家之前世代都是农民。”

这是李雨桐的父亲对她进行家史教育的惯常开场白。由曾祖父的事迹说起，言及自身的发家致富史时，李雨桐父亲的神情早已从严肃换为骄傲——黑黄的眼珠子里溢出兴奋的光，因笑而愈加明显的皱纹折在黝黑的皮肤里。这是一个已过不惑之年的男人纪念往昔岁月的唯一方式。

李雨桐的母亲常说：“你爸和你爷爷最像的一点就是爱啰唆。”茶余饭后，李雨桐的父亲总爱斜靠着椅背，将脚搭在小板凳上，好给滚圆的啤酒肚寻个舒适的位置，以开始他一如既往的长篇演讲。李雨桐父亲的头发倔强着不肯白，他也倔强着不愿认老。只是近来，李雨桐说：“他的话语间多了几句‘想我年轻的时候’。”

生容易　活不易

李雨桐的父亲名叫李洪利。

李洪利出生于1971年，是一个大家族的长房长孙。当时家中有两个姐姐，分别比他大3岁、2岁。其实差一点，李洪利就只有一个姐姐了。

李洪利的二姐是从坟头捡回来的孩子。20世纪60年代末，日子艰苦，周围亲戚劝说，“又不是‘带把的’，扔了一了百了”。李洪利的母亲一横心，冰天雪地的黑夜里将刚出生的二丫头丢在了坟头。倒是外出归来的李洪利父亲于心不忍，执意将孩子抱了回来，“就当只小狗养着吧”。

提起往事，李洪利父亲感慨道，“得亏这二丫头命大，这么冷的天没冻死”。

李洪利成长的小村庄的历史大约可以追溯到20世纪初。李洪利的曾祖父三兄弟本家境贫寒，又被原村的恶霸抢了土地，一路逃难至此。从此在此地扎了根，开枝散叶，倒也形成了一个小规模的村落。

李家祖传的手艺是制作豆饼。李洪利曾祖父常挑着扁担，徒步走六七十公里到淮南去卖豆饼。这门手艺到他祖父这一辈也就失传了。

虽不卖豆饼了，但李洪利父母做着其他小生意。白天在地里干农活，晚上就在家里剥花生米——卖到县里的淮河饭店。

再长大些，李洪利便开始给父亲打下手。十一月底，父亲晚上去田里“出水沟”，李洪利就拎着马灯为他照亮。本就是吃不饱穿不暖，又极度困倦，李洪利有时走着走着就低头打起盹儿，马灯一下就从手里滑到田埂上，“然后我爸就揪着我耳朵，大喊一句‘拎好’。”

拉驾车是李洪利最痛苦的回忆。冬季农闲时，李洪利父亲会将麦草打成捆，用驾车拉到淮南平圩发电厂。早上两点起床装车，三点多出发。父亲一个人拉不动，需要李洪利帮忙。走在旷野里，寒风迎面吹来，无处可躲。脸、手暴露在空气中，便如置于刀锋上。往往一身汗浸透棉衣时，双手已经冻得像红馒头，失去了知觉。

20 世纪 80 年代，李洪利父亲不需要再偷偷摸摸做生意了。包产到户后，“交够国家的，留足集体的，剩下都是自己的”。李洪利放学后便去买稻子，“一架车拉一千多斤”，晚上和父亲一起把这些稻子拉到加工坊碾米。“基本上都要忙到晚上十一二点，多的时候甚至要忙一夜。”加工坊老板身体吃不消，便让李洪利父子自己动手。机器的嗡嗡声彻夜响着不停，“头疼得以后几天都睡不好觉”。李洪利说，当时家里库存的新米能有一两万斤。

实践出真知

李洪利小时候住的房子是土坯房，房顶上是一层厚厚的茅草。李洪利父亲做小生意存了些积蓄，于是盖起了全村第一座砖房，“红砖红瓦，全村人都羡慕我们”。那一年是 1979 年，李洪利刚读一年级。

说起读书，李洪利的二姐是1980年才有机会正式进入学校的。李洪利父亲说，“大丫头去读书了，家里的活没人做，只能小丫头干”。就这样，李洪利二姐11岁的时候和一群比自己的弟弟还要小的孩子坐在了同一个教室。

李洪利不爱上学。小学上课的早晨，他常常跳到屋后的水沟里躲着。“有一次被我爸从沟里逮出来，被吊在树上用皮带抽。”不过后来，李洪利的父母也就不再过问他任何关于学习的事情了。“爸妈每天干完活回到家累得连话都懒得跟你说，还问你什么学习不学习的”，李洪利说到这里的时候，声音中透着些许无奈。

他常自豪地向李雨桐说，“我和乾隆皇帝的名字是一样的”，但李雨桐从未告诉他此“洪利”非彼“弘历”。他喜欢偶尔在外人面前炫耀一下英语，虽然他只会“apple”“pig”“good morning”，还永远无法正确发音。

1989年，高一还未读完的李洪利辍学了。李洪利记得，那是夏日的一个傍晚，他向父母说“不念了”。李洪利的母亲问他“为什么不念了”，他回答“念不下去”。李洪利的父亲一边埋头吃饭一边说，“那就下来干活吧，正好”。四句话，李洪利的学生生涯便这样结束了。

李洪利的老师这样评价他，“不念书不是因为笨，甚至还很聪明”。李洪利说自己虽没有书本上的理论知识，但掌握了社会课堂的“大知识”。“实践出真知”是李洪利时常挂在嘴边的一句话。

20世纪80年代初，小村庄通了电。在这之前，家家户户只能用煤油灯。晚上在灯下坐上片刻，便被熏成了“熊猫眼”。1983年，李洪利父亲买回一台12英寸的黑白电视机。李洪利是家中最开心的，因为他不用再跑到隔壁村庄看电视了。那时热播的电视剧正是《射雕英雄传》和《霍元甲》。

有了电固然是好的，但收电费却是个难题。每个村庄只有一个总电表，各家总是为了应缴多少电费而吵不停。久而久之，因为一直收不齐电费，电工干脆不再管这村的一切事务。李洪利就成了村庄的“小电工”，负责催收电费、检查电路、帮换灯泡，“那时候我的同学都喊我放学帮他家接电棒”。

李洪利当时还是初中生，从未接触过相关领域的知识，一切全凭自己摸索。他也深知“自己是在冒险”。李洪利曾几次被电打到，最严重的一次直接从椅子上摔了下来。“那能怎么办呢”，李洪利说了几遍，“全村只有我一个人会”。

阵痛中的思考

李洪利的母亲不是本地人。她原是大家闺秀，也一直沿袭着与乡村格格不入的做派——头发永远梳理得一丝不苟，口袋里总有一方折得整整齐齐的手帕，每本《圣经》的扉页上都有娟秀的字迹“训兰”。“爱干净、大气、做事认真、有原则、追求完美”是李洪利对母亲的评价。

“城里人吃商品粮”，这是八九十年代的农村人对城市最大的向往。“要是听说人家吃商品粮，那羡慕得眼珠子都要出来。吃商品粮，那就是城里人，不用累死累活地种庄稼、交公粮了，干什么公家都能给你安排好。”

除此之外，李红利母亲还无比羡慕城市干净整洁的道路。因为自家门前的路一到下雨天便没法走路，“泥直甩到膝盖”。李洪利母亲费尽心思将两个女儿嫁进了城，但李洪利的非农业户口还是没有着落。

李洪利母亲托人在荆山造船厂给他找了个电焊的工作，因为她认为这样好歹算是摆脱农村繁重劳作的第一步。在此之前，还有一个小插曲。1990 年初，县里发布了一份文件——招两名适龄青年前往深圳参与经济建设。李洪利本已通过了层层筛选，但最后一刻，李洪利父母不忍他千里迢迢去往陌生之地，便劝他放弃了名额。提到这件事，李洪利总怪自己当时优柔寡断，不能坚持自己的选择。

李洪利做了一名工人，跟随一位杨师傅学习电焊。炎热的夏天，他要穿着厚厚的工作服和劳保鞋一连工作十二小时，“一天下来，衣服鞋子都能挤出水来”。一天晚上，李洪利觉得两只眼睛被烤得通红、火辣辣得疼，睡不着觉。起床后发现脸上的皮开始脱落，“手一碰一层皮就掉了。”也就是从那时起，李洪利脸上的皮肤骤然变黑，再也未能恢复。

“天气越热心越凉。”1990 年的这个夏天，李洪利第一次开始思考人生，这也是他第一次对未来充满恐惧。他害怕自己日后都只能困在这间小屋子里，与四溅的火花终日为伴，还只能拿少得可怜的薪水。“我不信命，我不信自己一辈子都只能这样”，李洪利选择出去闯天地。

顺着时代向前

李洪利家中的相册里有一张泛黄的老照片——三个稚气未脱的男孩穿着衬衫、打着红色领结，挤在一辆模型汽车的后座位上，满脸兴奋与憧憬。这是 1985 年他与两个好友一起去照相馆拍的小学毕业纪念照。这也是他最珍爱的一张照片，因为他当时暗暗发誓，“将来一定要有辆属于自己的车”。

20 世纪 80 年代，李洪利父亲给他买了一辆“顺风”牌自行车。骑车上学放学是他最开心的事情。没过几年，李洪利父亲买了辆拖拉机。李洪利竟无师自通地学会了如何驾驶，甚至还和邻居一起开拖拉机去淮南运煤。

20 世纪 80 年代末至 90 年代中期，国家实行“停薪留职”政策。李洪利便向厂里递了申请，准备去看看外面的世界。1991 年，李洪利和另外两个朋友合买了一辆链轨车，“去工地上干工程”。

凡是和李洪利熟悉的人都说，他是一个能吃苦、肯干事并且做事极认真的人。和李洪利一起开链轨车的王勇回忆道，“那时候我们三个人，就他的工作服最脏，因为很多脏活重货都是他干。他干得也确实好，很多我们俩不会干的活，像修车，都得靠他”。别人一晚上能向车上装 100 方土，李洪利一晚上就能装 300 方土。

虽然做生意的日子依旧很艰辛，但比起在农村种地、在厂里干活更有盼头，因为回报是切实可见的。李洪利穿起了当时最流行的皮夹克，给家里添置了许多新家具，还买来了许多“新鲜玩意儿”，比如液化气、收录机等。

1993 年，李洪利遵循父亲的建议回到镇里与他人合伙开了一个小型的饮料加工厂——蚌埠市雪海饮料厂，从事冷饮“小雨点”的制作与销售。不过，这次没能成功。市场竞争压力大，“小雨点”没能得到消费者的认可。其他合伙人见状纷纷退股。李洪利本想靠一己之力坚持，便将厂址迁至蒙城县，但最终还是因管理不善而倒闭。

这次的失败差点让李洪利费尽心力积累的“第一桶金”全部归零。1995 年，李洪利见运输行业势头正猛，便向亲戚邻居借钱买了一辆东风车。为了方便联系业务，李洪利还在表兄的建议下花了一万多元买了一台“大哥大”。

没钱雇司机，李洪利只能一个人开长途。有时实在太累了，李洪利“眼皮打架”，就把车开到公路边上去了，然后又猛然惊醒，“多少次以为自己回不来了”。困到极点时，便把车停在路边“眯一小会儿”，但这也并不是乐事。“夏天被蚊子叮醒，冬天硬生生冻醒”，苦难似乎还未走远。

有时路过一些村庄还得交“过路费”，少则 5 元、多则 20 元。如果不交，当地的村民就会将犁地的耙子横放在路间，阻止车辆通过。当地的警察有时也顾不上管。

就这样熬着，李洪利买了西南乡的第一辆轿车。那年李雨桐出生，成了大家口中“从小就坐汽车”的幸福孩子。那时，李洪利也不再用“大哥大”了，换了诺基亚手机。

2001 年，李洪利的而立之年。他在县城买了自己的第一套房，拥有了属于自己的非农业户口，但好像也早已没有了当初的如此执念——“拿城里户口是我母亲对我最大的愿望，但我是想让自己的家人过上好日子就好了”。如今，李洪利经营着两家运输公司，从事着自己最擅长也最热爱的事业，偶尔也会被别人“恭维”为“成功的企业家”。

在采访的结尾，记者抛出了这样一个问题“您觉得在促使您成功的因素中，个人努力和时代氛围哪个占比更大？”李洪利顿了顿说：“时代吧，我只是一直顺着时代走而已”，但他又笑着补了一句，“不过我的苦也不是白吃的啊”。

（文 / 易静）

改变命运的高考

编者按： 20世纪80年代，以务农为主要收入来源的农民家庭，让孩子接受教育于他们而言，无疑是一种高风险的投资。

即便如此，通过高考改变贫穷的生存境遇，对于大多数农村孩子来说，依然是如同理想一般的存在。上大学，意味着进入城市，得到国家分配的工作。尽管不必然意味着摆脱贫穷，但他们认为，起码自己的手上掌握了更多改变命运的筹码。

那时，全国高考每年的录取率不超过30%，在激烈的竞争之下，高考这座独木桥上上演了不少农民家庭的悲欢离合。

“我们这一代，能吃苦啊”

1984年的冬天，在化州市官桥镇的官桥中学后面，一条河的河面上弥漫着白色的寒气。王顺和几位男同学哆嗦着把衣服脱了，“扑通”扎进水里。大家互相泼水、打闹着洗澡，便觉得没这么冷了，还很提神。

52岁的王顺觉得，这是高中生活里很有意思的一幕。“我们当时有个‘潜规则’。上游是男生洗，女生在下游洗。春夏秋冬，都这样。”那时，官桥中学只有两间女洗澡房，建在一口水井旁边。没有接通水管，没有安装水龙头，女生们如果洗澡只能打井水。“学习时间紧张，打水太麻烦。所以我们住宿的学生都去河里洗。”他回忆说。

那个冬天，他们在为1985年7月盛夏的高考备考。洗澡提神后，晚自修从晚上7点开始，到10点结束。10点以后，学校把总电闸关了，班上还留下一半同学。教室里开始传来窸窸窣窣的声音。大家拿出从家里带来的“灯仔火”（地方说法，即煤油灯），点上，摆在桌角。“三十多个人，没电了，就那样学到半夜两三点，才回宿舍休息。”30多年过去了，王顺还清楚记得这个场景。“那时连有人放个屁，我们都听得清清楚楚。”不雅的比喻，但对于出身农民家庭的王顺而言，这似乎是原生阶层的痕迹。1985年高考，他考上了广东省航运学校（现合并于广东交通技术职业学院），毕业后被分配到航运局，成为了一名船长。他不仅真正走出了农村，还因为航海，去到了更远的地方，见到了更广阔的世界。现在，他每天指挥客轮往返于海口与徐闻之间的琼州海峡，是广东省湛江航运集团的一名船长。

他觉得60年代单在高考这件事上，就很了不得：“我们那代人，能吃苦啊！”

学生们两个星期回一次家。从家到官桥中学的公交费，是两毛四。王顺没有钱，只能走 15 公里的路回家。因为大家都没有钱坐车，常常有很多同学结伴而行。离开家返校时，他只会带一点米和家里腌的萝卜干。家里没有钱给他拿回学校。王顺读高中时，家里除了父母，还有五个妹妹，一家八口人。二妹三妹已经到了上学的年龄，不过没去读书。四妹五妹还小，刚刚学会自理。年龄稍大的妹妹帮着父母耕田务农，照顾小妹妹，供王顺上学。父亲偶尔会在村里做点泥瓦匠的活，到山上抓蛇卖钱，七七八八下来，虽然收入来路多，但也只是刚刚能糊口，家里没有富余的东西。“那时每年还要给国家交粮食、兔子、鸡，交完了，那么多张嘴，剩下的就刚刚够吃啊……”回忆起那些年，王顺的感觉很苦。

因为父母的勤劳能干，王顺家的家境在农村同学里，还不算最差的。

如果临近开学，王顺的母亲会给他装多些米，当作学费上交给老师。这是老师私下和同学们约定的。二十世纪八九十年代的化州乡镇，有了钱也没什么可买，不如收米。要交书杂费时，家里实在拿不出钱了，母亲会到隔壁家借五块。伙食费、车费、书杂费等都包括在里面。

结构限制之下，20 世纪 80 年代的农村青年有无数种吃苦的方式，劳动课是其中一种。

1982 年，刚上高中，每周有三天的下午，王顺和同学们都必须去农场里上劳动课。学生的活儿是挑粪水和火砖，从官桥镇的一座桥，一直挑到学校的农场。两个地方之间有九公里，一趟来回十八公里。那时候还是计划经济，虽然分田到户，但是农村家庭孩子多，每户都有几张口要吃饭。僧多粥少，学生常常是饿着肚子劳动的。“我们就用走的，足足走上 3 个小时。”王顺很不喜欢上劳动课，“大家都喜欢读书，没有想干活的。”“劳动最光荣”是六七十年代社会的主流价值观。为此，学生们能够用来学习的时间，其实不多。“又累又饿，大家都没心思学习了。”王顺说。

读到高二，官桥中学 84 级的学生参加了高考。那一年考上大学的有十来人。在当时，官桥中学作为一所农村中学，在全国高考只有 29% 的低录取率下，教出了十几位大学生，在整个化州轰动一时。在王顺的记忆中，官桥中学因此出名了，除了当时的重点高中化州一中之外，它是当地公认的第二个好高中。

当时有一个姓魏的人，是 1977 年恢复高考后官桥中学的第一届高考生，1979 年考上了华南农业大学。传闻他读到大二，便公费到美国的一所大学读了博士。“这个人在我们那是很出名的一个人。后来，好像跟着袁隆平的团队去研究中国的水稻生产了。”这些传闻是真是假，无从查证。可以肯定的是，他是国情怀理想的象征，也成为了当地所有渴望走出农村的农家子弟的榜样。直到今天，他的事迹还为化州乡镇一带的中年人津津乐道。

贫穷的窘境，上届高考的成功，加上魏姓人士的传奇故事，王顺和班上的同学似乎因此感受到了命运的召唤，在 1984 年严冬即将到来之际，开始拼了命地投入到高考备考中。“用搏命来形容都不为过。”王顺说。搏命是当地方言，意思是“搭上性命”。有天晚修后，大家照常打着煤油灯熬夜看书。他的同桌困得趴桌子上，头发不小心被点着了。“幸好早发现，不然真是……唉，真是拼了那时候。”现在想起，他觉得同桌命蛮大的。

那时候用来备考的复习资料奇缺，只有手上几本教科书。没有别的习题，王顺和班上同学就把课本后面的题目反反复复地做，一遍，两遍，三遍……到最后，他们互相提问，哪道题在哪一页，最终答案是什么，过程的解题关键，都能不假思索地回答。“闭目能详。”王顺这样形容。

高二第一学期，劳动课变少了，开始减少为一个星期一次。第二学期，劳动课被取消，即将到来的高考备考代替它，成为了官桥中学 85 级学生最重要的任务。那时候开高考动员大会，老师们的结语往往是：“我们要勇攀知识高峰，实现四个现代化！”王顺和同学们跟着一起喊。“大家都是农村孩子，都知道高考是为了什么。我们当时很自觉，不用老师管的。”当时的学习气氛、学习纪律在王顺看来，“比正规部队、军队还要紧张，还要好。”他觉得今天的高三学生永远无法理解那样的场景。

“从插班生到尖子生”

王顺的高考路从一开始就不顺。

因为学习成绩优秀，王顺在初二便参加了中考。成绩出来，他被新安中学录取了。但是录取不久后他才知道，80 年代初，国家急需技术人才和教师人才，规定学生读完初中两年就可参加中专考试，直接接受四年制的中专教育，毕业包分配。这一后知后觉，为日后的不顺埋下了隐患。当时师范院校很热门，一般就读师范院校的学生，在第二年开始就可以被分配到学校里教书赚钱。这对王顺一家的诱惑力极大，家里眼下太需要多一个能赚钱的人了。如果不读中专而是读高中，就意味着至少5年里，他不仅不能为家里赚钱，还得花钱。“读高中就是浪费时间，我们等不起啊！”父母和王顺商量，劝他回头读初三，来年再考中专师范。这样毕业后，王顺就可以回到新安乡镇上教书。

如果顺利，他可以提早两年外出谋生。

老天和他开了一个玩笑。

第二年，大队队长到新安镇上的教育组举报了他。理由是，他考上新安高中没有去读，第二年不应该有资格考中专，更没有资格考高中。这样一来，王顺不仅读不成中专，连高中也没戏了。在教育资源稀缺的80年代初，考上高中不去读被认为是浪费资源的行为，是不被容许的。当时规定高中不能招收这样的学生。“我以为没有书读，走不出去了。”王顺一字一顿，脸上腮帮的肉微微颤动。

放弃读书不可能。变则通，父母托关系，把王顺送进了官桥中学。因为原来的名字以及身份，在第一年中考时已经被记录在案，按照规定，如果要读高中，他必须改名换姓，变换身份。于是，他随母亲的姓，改姓刘，户口本上的母子关系改为了侄亲关系。刘季冬，这个名字后来成为他高考准考证、高中大学毕业证、身份证、海员证、户口本上的名字。“跟定我了。”更改后的名字被记入了学籍档案，随着高考、毕业、包分配等体制行为，成为了他对外的标准身份符号。王顺是个传统的人，他觉得这是一种耻辱。“就像改名换姓，隐姓埋名活了大半生。王顺这个名，见不得人。”他说。

由于举报一事在当地闹得沸沸扬扬，学校不承认他是正式学生，只允许他以插班生的身份在课堂上旁听。不是正式学生，就没有分配宿舍和课桌。同村的一个人在官桥医院的招待所工作，他给王顺安排了一张床位。每晚下晚修回去，路上没有灯，黑，王顺要经过一个太平间，才能回到招待所。“全身有被针扎的感觉，脑门冒汗，手心冒汗。我一路狂奔，气都不换。”在农村封建迷信的氛围中长大，太平间对于王顺而言，就如同噩梦。高一第一学期，他都在这样的噩梦中度过。班里没有他的位置，他就拿张小板凳，坐在教室后面。听课、做笔记、考试，都在小板凳上完成。高一入学时他在班上排四十多名，学年结束，他升到班上的前几名。

1985 年高考前的 5 月，他参加了高考预考，通过筛选，获得了高考的入场券。

“真是造化弄人”

20 世纪 80 年代的高考生，对预考这个词都不会陌生。在王顺看来，预考是一件很残酷的事，虽然他以班级第二的名次通过，属于佼佼者行列。那时，多数班上的淘汰率是 50%，“很多人连高考的门都摸不着，没入选的就没有资格。有的家里经不起这么年年耗，就放弃了，回家继续种田”。1981 年，预考制度正式列入高考的招生政策之中。所谓的预考，就是在高考前夕，对所有具备参加高考资格的学生进行一次筛选，能够通过的考生才能进入高考。1977 年恢复高考后，每年全国考生数以百万，但录取的只有几万人，供需差距过大。在资源缺乏的20世纪80年代，为了减少教育和考试资源的消耗，降低阅卷的难度，规定考生人数多的省份，必须根据计划招生人数的3至5倍来进行预考筛选。

王顺所在班级在当时属于尖子班，淘汰率相对低很多，65个人淘汰了14个人。

1985年的高考，从中专线算起，他们班65人考上了17个人，占了当年官桥中学录取人数的一半。一个班出了这么多大学生，又一次成为了当时化州市家喻户晓的轰动事件。1984年，农村中学能考上中专的平均水平是3%到5%。1985年的高考，王顺所在的一个班超过了30%。全国用同一套卷子考试，1984年全国数学的平均分只有13分。“很多人都是0分，可想而知，高考那时候对很多人来说是很难的。”1985年的高考，王顺的数学考了115分（满分120）。

那时候，高考升学率是一个学校最重要的考核指标。1985年高考后，官桥中学的升学率年年升高，官桥镇附近一带的农民挤破了脑袋，千方百计找关系，想把孩子往里送。那时候，家家户户都以能进官桥中学读书为荣。1986年镇上允许学校开办高考补习班后，官桥中学从1个班办到了7个班，供不应求。他们的班主任苏科，也因王顺一班成名了，1985年后被调到了重点高中化州一中教书，户口由农转为非农。没过几年他又被调到了化州教育局、茂名教育局任职。官桥镇上有座官桥，从官桥镇通往化州市，原本只是依托镇名而起的名字。因为官桥中学红极一时，苏科升职，人们对桥名有了新的解读：“过了这座官桥，人就真的可以当官了。”

有人欢喜有人愁

一直在班上名列前茅的王顺，在高考那两天发高烧，得了红眼病。那时学校的校医室没有太大用处，事实上在那一带，也没有什么医院。平时有点小病小痛，学生要么找镇上的赤脚医生，要么自己忍着，买点药吃。“边滴着眼药水边做题。”看着物理试卷上的字，王顺的眼前是一团灰色的雾气。“不知道写了啥，只知道没戏了。”最后100分的物理只考了47分，英语60多，120分的语文只考了52，严重拖后腿。本科注定和他无缘了。

他觉得这是命。

成绩出来了，461分。当时大专线是463，中专线452。因为是根好苗子，校长、老师都劝他回去复读。老师们告诉王顺：“官桥中学80届的何日保，已经考了五年了，今年还是没考上，他打算明年继续复读。”“你底子好，复读一定比他有出息。”老师劝道。后来王顺听说，何日保连续复读了8年，最后改为体育生，终于考上了大学。

在20世纪80年代，复读就像一场忍辱负重的万里长征。

填报志愿期间，父母带着他和妹妹，在田里忙着插秧。7月，农忙的季节，田里太阳很毒。王顺把一百多斤的秧苗挑到田垄上，抓起几颗，卷起裤腿，然后踩进田泥里。腿一插，泥没到了裤裆的位置，陷进去的腿，“怎么拔都拔不动。”天热，王顺口干舌燥，坐在田边休息。“我不复读了”，他对在一旁田里插秧的父亲说：“爸爸，就算是高州农校我也去读了。我真不想种田了！”高州农校是化州一带很普通的专科学院。那个时候家里刚刚分田到户不久，吃饭的人多，经常要昼夜颠倒地干农活。“那时候说解放生产力，做多少就有多少，不做就没饭吃。累啊苦啊也得做。”穷人的孩子早当家，已经是高中生的王顺早已经肩负起了养育家庭的重担。

他觉得自己算是不幸中的万幸：“开心啊，可以读比高州农校更好的中专了！我不用耕田了！”30 多年前的兴奋，在他心里一直保留到今天。1985 年高考改革《中共中央关于教育体制改革的决定》（以下简称《决定》）颁布，使得这一年在新中国教育史上具有分水岭般的意义。《决定》确定教育改革的具体内容为调整中等教育结构，大力发展职业技术教育。那一年，普通高等学校招生数由 1984 年的 47.5 万人增加到当年的 61.9 万人，普通高校本专科招生增加 30.3%。王顺对这组数字并不感兴趣，他从来没有想过，自己是否也在这增加的 14.4 万人行列中。

他清楚的是，自己一波几折的高考之路应该要到头了。“命运还是被小小地眷顾了一下。”他说。

“最远到了南美”

最后，王顺去了广东省航运学校。收到录取通知书时，他感觉自己被一盆冷水从头浇到脚。他没有想到自己竟然要学开船：“当时填志愿时就只有两张报纸可供参考。我只知道是什么大学，有什么专业也不清楚，都是填的服从调剂。”最后招生办的人告诉他：“没有错，就是开船啊！”浪迹天涯，漂无定所，生死无常。这是王顺对航海的印象，他原本的人生规划是：“安安分分过日子，挣钱养父母，给妹妹囤嫁妆。”“我当时想，唉，算了吧，开船就开船了，开船我也得把大学读了！”无论是什么专业，“不用待在农村”的转变，就足以慰藉这一农村家庭的一切失望。

在航运学校，他度过了两年的大学时光。这所学校当时是广东省航运厅的下属院校，学生毕业后的工作分配有三种，一是海关，二是海事管理，三是下海成为船员。家里有门路的同学，在工作分配前夕托了关系，被分到了相对舒适和轻松的岸上工作。

像王顺这样的农村孩子，只能是服从。1987 年，他被分配到了当时的湛江航运局，从此开始了长达 30 年的航海生涯。改革开放后的中国经济，磕磕碰碰地发展着，却不可阻挡地欣欣向荣。王顺运过石油、木头和粮食，多是中国与其他国家外贸合作的生意订单。他觉得他和魏亚贵有点像了。

1986 年，《西游记》在中国热播。他很喜欢里面的主题曲——《敢问路在何方》。

“敢问路在何方……”王顺动情地唱了起来。

14 年以后，他考取了船长证，最远去到南美洲的智利，在太平洋上航行了 25 天。

“路在脚下”。他笑了。

1997 年，他和妻子用 30 万元按揭买了一套 100 多平方米的房子。那一年，他把农村的父母接来了湛江市区，二女儿出生了。现在，大女儿已经 20 多岁，在广州工作，二女儿和小儿子也考上了广州的大学。

“现在城里的生活好了，但我一直觉得自己是农村人。”从孩子小学开始，每年的除夕至大年初二，他都坚持带他们回乡下过年。“因为根在那里”，他说。

（文 / 王瑜玲）

十年冷暖

十年前，一场突如其来的灾难席卷四川省，残忍无情地摧毁了人们本该平和安宁的生活。坍塌的钢筋混凝土将最后一丝明媚的光线掩埋在时间之外和世界之外，仅弥留下最为真实的痛苦和绝望的嘶吼，于砖瓦间逼仄缝隙的无边黑暗中苟延残喘。

有关此次地震的共同记忆是蜿蜒在人们心中不可磨灭的伤痕。在这片土崩瓦解的废墟之地，无数条不曾相交的命运、无数个破灭的梦想得以相遇，汇集成一条悲壮的洪流。十年流逝，尽管他们的人生无限分岔，“5・12”始终是一个起点。

这其中亦有一些“过客”，英勇地奔赴抗震救灾前线，在一次次与死神的惨烈搏斗中，徒手打捞起一个又一个生还的希望。有些人则因此长眠异乡。

援救工作结束后，他们大多回归普通人的生活。只是，那残存在身体和精神里的“汶川印记”时常如同一头缄默而忧郁的蓝鲸，不时地浮出心灵的深渊，伴随他们走过十年的冷暖。

徒步赶往救援

汶川地震后的第十年，张开祥再次来到这里。

阳光很灿烂，炫目的光线中夹杂着些许灼热的温度。昔日坍塌的房屋如今已经成为苦难历史的见证，静默地伫立在此处，与周围整饬的建筑形成鲜明的对比。

纪念碑前，黄白相间的菊花荼蘼绽放。然而在张开祥眼里，这般明亮的颜色似乎是在言说一种残酷，硬生生地将他拉入回忆的幽暗谷底。

十一年前，张开祥依据自身的兴趣爱好和理想所向，加入了西北特种兵作战部队，并开始了为期七年之久的部队生涯。穿上一身迷彩服、戴上一顶军帽后，稚气未脱的他倒也有了军人独有的那份英气。

部队的生活极为艰苦和苛刻。无论是酷热难耐的盛夏，还是北风凛冽的严寒，张开祥都得咬紧牙关、片刻不息地进行训练。由于自小便开始习武，这些训练对他来说并非难事。他在周而复始的训练中挥洒着汗水，体格也愈发强健起来。

只是，有一件事让其感到介怀。部队的纪律相当严格，平日里都只能待在营地，外出是不被允许的。“感觉太过于限制自由了，那时候因为年轻，总是会为此闹些小情绪。”谈起部队训练的经历时，张开祥的脸上满是轻松舒展的笑容。

但，谁又能料想，部队难得的一次山地野外训练，竟成为一段饱含痛苦与辛酸热泪的难忘记忆。

地震发生的那一天，张开祥所在的部队一行30余人正在四川省绵阳市进行野外驻训。天空一片惨淡，云影无光，空气闷热得有如凝滞了一般。张开祥感到有一丝窒息伴生宛若湍流的晕眩向他侵袭而来。

大约下午3点多钟，部队接到紧急下达的命令，指派他们去北川进行救援。

张开祥只觉脑内一阵翻腾。心里有一个细小的声音告诉他，这不过是一次寻常的救援罢了。在一片汗水迷蒙的昏沉中，在一阵光影变幻的恍惚中，他一股脑儿地冲上了赶赴救援的道路。

山体已有一定的塌方，阻挡了他们前行的方向。尽管有挖掘机进行道路清障，然而只是杯水车薪。救援的时间刻不容缓、分秒必争，在一番讨论后，30多位军人决定徒步去北川。

从绵阳通往北川的20多公里路两旁，呈现在眼前的景象的惊悚程度是逐渐加强的。就像是一道伤口，越往纵深处便越发刺痛。不断地有人来，有人往，人们在前往北川，人们在逃离北川——密集的人流宛如一条将欲决堤的川流，满载哀恸和恐惧，缓慢地流逝。

北川：悲伤之城

张开祥的回忆仿佛被当时当地的阴冷所影响着。讲述之时，那些记忆一件一件离他而去，一件一件掉落下来，好像圆石跌进古井的底部一般。

来到北川中学，一座巨大的废墟便轰然映入眼帘。那种来自现实的冲击感极为强烈，因为这里的每一个人都未曾目睹过一座城市被夷为平地的情形。

根本无法通过想象去还原这座废墟的原貌。北川中学的附近，不计其数的楼层与砖石杂糅在一起，路旁还有几辆扭曲变形的汽车。地陷半米的校舍里，有千余人失去踪影，仅剩下头顶上一方明晃晃的天空。

许多孩子的亲人在这里徒手挖掘厚厚的废墟，哪怕双手鲜血淋漓也未曾停下。然而，沉重的钢筋混凝土板是搬不动的。弥漫着烟尘的空气里到处是人们悲痛欲绝的哭喊声。

“当时有一名女性跪在我面前，说她的女儿在里面，哀求着要我去救她。”对张开祥而言，在这一刻，不谙世事的他第一次感受到人类的渺小与灾难的恐怖。“她这一跪，跪出了我的勇气，我开始觉得无论如何也要把人救出来。”

救援工作在简陋的设备条件下紧张地进行。张开祥四处奔走，寻找每一个生还的可能，但是，迎接他的，却是一张张在凌乱的桌椅板凳下被挤压得惨白的面容。在他的脚下，有尚未熄灭的火苗肆意蔓延，吞噬着本就凄然的一切。

终于在一处狭窄的缝隙里发现了一个尚存微弱气息的生命。被解救出来时，由于腿被土石压得太久而坏死，孩子只能通过截肢保住性命。

当电锯沙沙地发出震耳欲聋的声响时，一位中年男子一直守候在旁边。他是一名女孩的父亲，失去女儿后，在部队的安慰和劝说下决定去救别的学生。孩子是他与部队的军人一同救上来的。他看着孩子，声音低沉而嘶哑：“我女儿跟你是一个学校的，可是她已经死了——你能活下来真好。”

“叔叔”，孩子睁大一双空洞的眼睛，“您看，像我这样变成了残废，被救出来又有什么用呢”？男子听了，眼泪又流出来了。

当天晚上，张开祥一行人又赶往附近的一所幼儿园进行救援。居于山坡之上的幼儿园教学楼在地震发生后被整个倒置过来扣在一旁。

张开祥顺着攀登绳索一层一层地滑下去查看情况。每一层楼、每一间教室的景象大同小异，惨不忍睹。

在一扇门的横梁的支撑下，一个小男孩同四个小女孩瑟缩在一旁。凭借灵活的身手，他顺利地钻进小小的洞口。

其中一个小女孩的手脚被压得死死的，很难解救出来。正当张开祥着急地想着救援方案时，小女孩突然发出了极其微弱的声音。

“叔叔，你快出去，马上又要地震了，我不想看到你死。”

小女孩的眸中闪烁着光芒。额头上那道伤痕流露出这座废墟之城的悲伤。

“没事的，地震已经结束了，”张开祥安慰她道，“叔叔无论如何也要把你救出来！”

就在此时，剧烈的摇晃又开始了。高达 7 级的余震再次降临在这座本就悲伤凄惨的城市之上。

两个战友眼疾手快，将他使劲儿从洞口拉了出来。一块巨石猛然砸下，那一线希望也随之陨落，沉恸地撞击在张开祥的心门。

阴霾仍未消散

救援及灾后重建工作持续进行了两个多月。直到最后的半个月，张开祥才真正睡上了安稳觉。

救援过程中，生活条件十分艰苦。物资尤为匮乏，仅能按计划提供给灾区民众使用。在耗费了巨大的体能之后，张开祥时常没有足够的食物进行补充。灾区的天气变化无常，常常在酷热的晴朗之后又是一场毫无征兆的暴雨。夜里没有固定的居所，张开祥就混着浑浊的泥水浅浅入眠。

甚至通讯也被中断了。在两个月里，张开祥没有家人的一点消息。家人以为他早已在救援中牺牲。灵堂设在了家里，连市委县委领导也前来吊唁。

两个月后，张开祥才第一次回到部队训练营。简单地吃下一碗面条后，他拨通了家人的电话。一家人隔着电话线的两端哭作一团。

十年里，张开祥过着平凡而充实的生活。那场地震仿佛让他瞬间成熟起来，也使他变得更加坚强。经历过数次在鬼门关前的徘徊与挣扎后，他坚信人生没有过不去的坎。

然而，心理阴影却从未消散。张开祥说，这十年来，每天都会情不自禁地回想起当时的场景，宛如走马灯一般，一幕幕来回闪现。“一旦想起，就会努力克制自己不去回想那些画面，通过想一些其他的诸如工作上的事情将它掩盖过去。”

悲伤犹如慢性疾病，虽然未有决堤爆发之时，却总是慢慢地向病源深处渗透，时不时教人苦不堪言。这种疼痛宛如锐利的匕首，深深浅浅地扎在他的心头。

“现在已经逐渐调整过来了。刚回到部队的那段时间总是很暴躁，在训练新兵时必须依靠适度惩罚他们才能让心里好受一些。”张开祥的话语里透出一丝歉疚之情。

这样的情况在军人或灾区民众的身上并不少见。资料表明，经历过重大灾难和痛苦的人们身上都不同程度地具有创伤后应激障碍（PTSD）的某些症状。十年中，人们各自怀揣着这份记忆，奔赴人生中不同的岔路口。有些人得以解脱，生活得更好，有些人则就此沉湎于悲恸，生活得更糟。

十年前只是一个开始，不管愿意与否，经历过、承受过这一切的人们都要试图学会与变化无常的世界相处，同过往的伤痕握手言和。

十年后，张开祥重归故地。为缅怀“5·12 地震”而修建的纪念碑笔直地立在万里无云的晴空之下。他呼吸着这里宁静的空气，任过往的记忆与今日之景重合交叠。

时间在新北川这座城市悄然流逝。曾经一部分倒塌的房屋已然成为那次地震的遗存物，以一种凝固的姿态铭刻那段惊心动魄的时光。废墟之上，一大片孤立无援的蒲公英正在漂泊绽放。

当天晚上，昔日的战友和当地的居民齐聚一堂。伴随着微风跳跃起舞的篝火，人们互诉衷肠。这其中不乏有失独家庭，他们大多已接受残酷的现实，渐渐走出失独之痛，以一种无所谓希望与绝望的态度日复一日地过着平淡的日子。或许，不再有希望，也就不再有失望。

这座城市已然没有故事，有的只是生活。无论是“试图忘记”，还是“试图记住”，于所有经历过这场灾难的人来说皆是一种残酷。在对未来的憧憬与对过往的永续伤痛并存的矛盾心绪中，每个人都在以自己的方式，默不作声地继续前行。而埋藏在心底的伤口究竟愈合与否、愈合多少，则无人知晓。

（文 / 齐心园）

“我仍在寻找一个没有答案的答案”

张森文对人生的思考始于 1957 年的一个午后。那时，他 13 岁。“我觉得，那是一个孩子主观认识积累到一个点的爆发。”张森文这般解释那个下午的所思所为。

从小便嗜书如命的张森文，尤其喜爱看科幻小说。他常每天钻到图书馆去，一待就是几小时，把所有能找到的科幻小说都翻上好几遍。图书馆角落靠窗的一张桌子是他的“根据地”。阳光透过枝叶在纸张上落下斑驳，张森文觉得自己仿佛在明暗中捡拾文字，拥有“一种从内而外的满足感”。

那天，当他又像往常一般合上书本，甩动着因长时间没有活动而略显麻木的腿，企图从科幻小说的世界中抽离时，头脑中所有关于科幻的片段却突然聚集，一种“莫大的悲伤感”涌上了心头。

“没想到，这些书竟然给我一种很悲观的人生观——宇宙浩瀚无边、充满奥妙，而我却如此渺小，我的生命又是那样短暂，我该怎么办呢？”在张森文的记忆中，那个夏日的午后有阵阵蝉鸣，但好像又只是一片寂静。他记得真切的是，自己大哭了一场。“这哭有两点，一是对自然科学的向往和追求，还有一个是（对自己）提出了人生的‘终极三问’——‘我是谁’‘我从哪里来’‘要到哪里去’？”

“如今六十年过去了，您觉得自己找到答案了吗？”

“如今我仍在寻找答案的路上，时常仍觉困惑。我这一辈子怕是也找不到这些答案，但又或许，我这一生的故事恰巧便是答案了，也算是一种幸运。人啊，蛮无奈的，过好这一生，求得内心的安宁，和想清楚‘人生三问’相比，看起来简单得多，其实最难。”

“科学承认真理”

1962 年，张森文离开广州，乘火车北上，进入北京大学（以下简称“北大”）学习地球物理专业（地球物理专业后来停办，学生们转入大气物理专业）。“这一辈子可能都会因为这问题困惑。为了解决这些问题，我选择了自然科学。”这是张森文为解答内心的“人生三问”做出的首次努力。

刚刚踏入北大校门的张森文，是一个身高 154 厘米、体重 86 斤的“小不点”。但班上有几个学生比他“还要小，还要瘦”。三年经济困难让大多数人都面临营养不良的问题。那时北大提供的伙食是 60% 粗粮加 40% 细粮，虽然饭菜并不算美味，“但总算是吃饱了”。一年后，张森文长高了 10 厘米。

提起大学生活，张森文如数家珍。“至今我还十分怀念教过我们的那些大师、名师。储圣麟老先生教我们‘原子物理学’完全不用讲稿。”当时为张森文授课的老师们后来大都成为了院士级别的人物。“他们都特别厉害，两堂课讲下来，我都是云里雾里的，觉得很深。”

“考试绝不是走过场，每次都觉得自己要挂了。”当时北大规定因不及格而连续留级两年的学生会被勒令退学，因此曾有“侨中神童”称号的张森文也一度终日惶惶。

来到北大后，张森文觉得自己身上曾经的骄傲被磨平了。中学时期的张森文学习从来不费功夫，只用课上认真听听，课下便无需再花时间了。考试时常常二三十分钟就交卷，还能拿个相当不错的成绩。

“但这终究不是大智慧。小时候格局太小，在这些浩如烟海的知识面前，我真是万分惭愧。要想真正走得稳，看得远，哪里能只靠这些小聪明。”张森文告诫自己，要脚踏实地打好理论基础，然后“深入再不断深入”。

每天早上 6 点起床，匆匆拿着一个馒头到教室或图书馆占座；否则就只能在偌大的校园游荡，寻找可以自习的教室。这是张森文大学时期的常态，也是当时北大学子生活的常态。

张森文认为北大教会他的最重要两点是“务实”与“求真”。这也是他从事科研工作一直秉持的原则。为了完成一份报告，张森文常常会在实验室里一连待上好几天。困了和衣而睡，醒了再继续。有时一个项目最终使用的纸张摞起来有半米高。

随机振动学科 6 位学科带头人之一、中国振动工程学会理事、随机振动专业委员会理事长、非线性振动专业委员会委员，《振动工程学报》编委、《非线性动力学报》编委、《农业工程学报》编委、国家教委科技进步三等奖获得者、享受国家政府特殊津贴者，这些称号与荣誉是张森文所取得成就的一部分，但却不是他认为在科研领域最骄傲的事情。

一次，张森文在研究导师的论文时，发现其中一个结论有待商榷。他重新进行了研究，并将算法和过程写成文章投给了《振动工程学报》。“当时是有些忐忑的，因为导师的这个理论已经得到学界公认了。”后来，《振动工程学报》原文发表了这篇文章。其主编亲自给张森文回信，信中写道：“科学承认真理。”这句话张森文一直记到现在。

偶然生在必然中

“一只蝴蝶在南美洲的亚马孙河扇动一下翅膀，就可能引起美国的一场风暴。一切有什么不可能的呢？人这一生由无数的片刻构成，无数的片刻便是无数的偶然，但又是确实的必然。”已过古稀之年的张森文回想起自己身上发生的一切，只觉得偶然生在必然之中，接受了，就认定为自己的命。

对于故乡，张森文的内心充满了温柔和依恋。在他的一篇文章开头曾这样写道，“越过盘锦的绿色的群山，朝着东方，沿着闪光的白色绸带似的东江，到了环山回抱的谷地，那就是我的故乡，我生命发源的地方。”18 岁那年，选择离开这片生养之地时，张森文其实颇有犹豫，“母亲希望我读中大。但父亲和我谈了很久，他不希望我被束缚。他给了我走出去的力量”。

55 岁时，张森文来到暨南大学执教。重回故土，虽早已人非物亦非，但他还是觉得莫名的熟悉。回到故地，却不是回到原点。离开的这 37 年间，张森文遇见了很多人、经历了很多事。“如今再想，还是忍不住要落泪。”

“走遍祖国大好河山，心中永留下幸福的波纹。”1966 年，跟随着这一倡议，张森文和同学们踏上了开往西藏的火车。张森文因为体弱多病，便提前结束了行程。但他的一些同学，却从此将骨灰留在了那片高原之地。那段时期，张森文写了很多诗歌，后来却再也不肯示人，“每翻一次都会脸红”。

“那段日子在我们的生命里，多少留着烙印。“年轻时候太过激进，回过头来，才明白当时是多么幼稚。”回忆起当年父母被批为“走资派”时自己忙于划清界限的举动，张森文摘下眼镜，用手指按压眼角，藏回了泪水。“这是时代的命运，国家的命运，也是我们每个人的命运。”说完这句，张森文定住了几秒，不再多说。

张森文最喜欢的苏联小说是《一本打开的书》。这本书中有一个细节令他记忆深刻，如今再复述依旧是声情并茂。“大学毕业那天，他们一夜不睡站在河流边上等待晨曦。他们的生活从此就要分开，人生道路像是迷雾中灰色的绸带伸向遥远的天边。”这种失落与迷惘让张森文想起了自己离开学校时的感觉。

1968 年，张森文前往工厂锻炼，一待就是四年。后来，他被调入了地震局工作。这段时间里，张森文形容自己像一根浮萍，随波逐流。但，也不全是，因为他饶不过自己就这般浑浑噩噩。“人生三问”仍让他倍感焦虑。

前往中国农业大学（当时称为“北京农业机械化学院”）工作算是机缘巧合，但也是冥冥之中。地震局的工作不算繁忙，“他们每天基本上就是打牌、钓鱼，一天就这样过去了”。张森文趁着空闲时间做研究，发表了论文《华北地区地震的成组分布特征》。他找出大学时期的习题册重新做了一遍又一遍，他也不知道这样做的意义何在，但就是有某种力量在吸引他。

唐山地震后，张森文预测未来几十年内河北地区都不会再有大地震的发生。他害怕在这样一种环境中，余生庸庸碌碌、无所作为，而且“一眼望到头的日子太可怕。”

1981 年，在朋友的推荐下，张森文前往中国农业大学应聘讲师一职。“也不是没条件就去，得先考试。”拿到试卷的时候，张森文发现自己几年的题并没有白做。“拿了很高的分数，当时的系主任都很吃惊，那些说闲话的人也都没了声音。”说到这里，张森文略微从沙发中直起了身子，语调中略带孩童般的骄傲。

此后，张森文的人生路算是顺遂。1986 年，他被派往加拿大西安大略大学工程学院做访问学者。之后，又应国家派遣或是学校邀请前往了六所外国大学进行研究和讲学。

在 20 世纪八九十年代，能够出国并非易事，语言就是第一道很高的门槛。因为大二之前学习的都是俄语，后来的马来西亚籍英语教师发音又极不标准，张森文只得自己每天通过广播学习英语。来到中国农业大学后，张森文坚持每年参加英语考试。终于，他为自己挣到了一张出国的门票。

张森文在这几所外国大学的研究都算是小有成就，校方都曾向他提出留校的邀请。“但我的一切都在中国，所以还是选择回来”。

张森文最近在一篇关于那段日子的回忆类文章，笔触写到他的内心深处。“如今回头想想，诚觉一切皆可原谅，但又不知道该原谅些什么。这个时代对我不算够狠，也算没亏待我，我也没辜负这个时代。”

用教育作为人生的注脚

36 岁那年，张森文走上了教书育人的道路。如今，他恰好已在讲台上站了 36 个年头。“教学是我整个人生的重要组成部分。我希望这一生命的寄托以后尽可能地延续下去，一直延续到生命的终结，我都愿意。”张森文如是说。

“相较于科研，后来我发现我更爱教育。”在张森文看来，科研是有生命周期的，这一生里终会触及那层“天花板”。但教育则不然，教育可以在传承中，生生不灭。

张森文认为教学是高校的生命线，本科教学更是其中的核心。因此，他一直坚守在本科教学的第一线，曾多年主讲《理论力学》《随机振动》《非线性振动》《结构动力学》和《高等数学》等课程。退休之后他坚持每学期讲授《科学与人文——混沌与分形》课程。

言及开设《科学与人文——混沌与分形》这门课程的初衷，张森文谈到，“学生如果只学习某一方面的专业知识，那他的人生是很不完整的”。他认为，对于大学生而言，科学素养和人文素养缺一不可。“年纪越大，越能认识到这个问题的重要性。”

这门课程也得到广大学生的高度评价，许多未能选到这门课的学生都会前来“蹭课”，以致几乎堂堂爆满。文学院大一学生戴沅娜并没有选修这门课程，但特意选择旁听，因为上过这门课的学生对教授的评价都很高。她说：“我很好奇，什么样的课能让价值观多元的当代大学生一致好评。”

张森文坚信，“教育就是学生把老师所教的知识忘记得差不多，但在忘掉知识的同时，还留下了一点什么东西，这留下的一点东西就是教育”，他更强调对于学生心灵的启发。他从不向学生灌输既有的知识，而是教给他们保持思考的习惯。

张森文认为“教书匠”的“匠”是一种艺术匠心的体现，是教师人格、学问和修养的表达。在他看来，教师要在专精的基础上追求广博，还要不断修炼自己的性情，要文理兼修，因为教师所有的才华、修养和风度都会在教学中体现，并将对青年学生产生毕生的影响。

“幸福”是在谈及教书育人时，张森文最常提到的一个词。“积几十年教学经验，深感爱自己的学生是教师的天职，而学生对我们老师的爱和尊敬使我们拥有永久的幸福。”

张森文回忆起大学时和同学们一起去周培源校长家中看电视的情景。每次他们打电话到校长家中告知要前去看电视时，师母都会提前为他们安排好椅子。“难得看电视，有时看到尽兴处，都是大笑大叫。这难道不会吵到校长和师母吗？但我想我们这些年轻人的欢声笑语给他们带去了欢乐以及快慰吧。”

张森文对青年一代教师的希望就是，把教书育人看作生命的一个过程，在这过程中体验生命的幸福。“不能在与学生相处中体验到幸福的老师不是好老师。这话有些重了，但是实话。”

张森文每节课都会要求学生写课程体会，并一份份仔细批阅。也正是这些体会给予了他不断坚持的动力，因为每次读完他都会收获无数感动。

“我从来没有想过数学、哲学与社会方方面面有这么多微妙的联系，而这些通过张老师妙趣横生的讲解都巧妙地联系在一起了，给人一种‘耳目一新’的感觉，思路为之一开。”

“在您的课堂上，讲授的不只是文与理的知识，也渗透着您作为学者那种纯真的情操。您不但开阔了我们的视野，也浸润了我们的心灵。”

在课堂反馈中，经常可以见到类似的感触。

“我的教学可以给年轻人带来新的知识、新的感悟，使得他们的生命更有意义，我觉得自己的生命还有价值，我很幸福。只要身体条件允许，只要年轻一代需要，我可以继续做下去。我不是要发挥余热，而是要奉献全部的光和热。”张森文微笑着说道。

“我开始怀疑我所知道的”

在《美丽心灵》中，约翰·纳什在领取诺贝尔奖时说了一段话：“我一直以来都坚信数字，不管是方程还是逻辑都引导我们去思考。

但是在如此追求了一生后，我问自己：‘逻辑到底是什么？谁决定缘由？’我的探索让我从形而下到形而上，最后到了妄想症，就这样来回走了一趟。”

张森文笑称自己没有走到妄想症的程度，但已开始了从形而下向形而上的漫溯。但他没有焦虑，更多的是欣慰，“欣慰自己还能在有生之年发现一些不一样的事情”。

年过古稀，张森文开始反思自己对于自然科学的执念。“决定一个人人生高度的一定不是他对自然科学了解的程度，而应当是他的人生态度和思想深度。”他开始不断地接触新事物，怀疑旧思想，在一种碰撞与对抗中重新寻找人生的意义。

张森文最近很关注“量子纠缠”理论，因为受到过去唯物主义教育的影响，“刚一看到报道的时候是十分怀疑的，认为这不过是什么伪科学”。但后来，随着相关阅读和理解的不断深入，张森文认为自己的思维有了一定的飞跃——主客观分离的世界其实是相互依存、不可分割的，这是“分形和混沌”理论的核心，并和《老子》的思想有着天然的联系。

“你所看的外部世界和你的主观世界是完全联系着的，因此每个人眼中的世界其实并不一样。但是按照欧几里得几何，楼房就是这么高，建筑就是这种结构。但是大自然真的可以精确描述吗？所有的规律你说出来就不再是原来的规律，所有的定义也早都不是原来的定义。在这一过程中，你一定忽略了其他东西。”

能够保持如此活跃、前沿的思想，与张森文深厚的人文积淀习惯密不可分。大学时期，他虽然是理科学生，却成为北大广播电台首位理科编辑，也更加如饥似渴地阅读西方文学哲学名著，把图书馆能借到的世界名著基本都看了。时至今日，张森文每晚 12 点前不会入睡，他将夜晚留给阅读和思考。

张森文最喜欢的两个作家分别是鲁迅和林语堂。鲁迅对于国民性的批判对张森文的思想有很大影响。他认为“鲁迅的时代还没有完全消失，中国社会也总是在打螺旋”。在张森文的许多文章和讲稿中，也隐约可见一丝斗士的印迹——批判现代思想专制、批判学术腐败、批判功利主义、批判国民劣根性、批判农大人文精神的缺失、批判暨大的浮躁。“这些话，不论在哪我都敢说。”

但晚年，张森文更爱林语堂，喜欢他人生的艺术与超脱的心态。“年轻时，我被时代裹挟着走，也走了不少弯路。现在，我更愿意做一个旁观者，抽出身来思考。但这绝不是悲观，我对你们年轻一代充满了希望。”

做一个时代的旁观者，应当是心态的超脱，但绝不是心态的隔离。要想真正想清楚关于人生的问题，张森文深切地感到不能只一头扎进研究与书本，还要充分地感受生活。

张森文喜欢和年轻人打交道。他感叹道，“如果到老年的时候，他的生活还能跟年轻一代密切接触，这是老年生活最幸运的、最幸福的”。他也告诫自己不断地学习，不能够守旧，否则就不能和年轻人融合在一起。

“常常会想十年后、二十年后人们怎样生活。”面对日新月异的世界，张森文坦承自己确有力不从心之感。他笑着说：“我的手机里没有支付宝、没有滴滴打车，微信里也没有钱，我从不去抢红包。”

作为最早接触计算机的少数人之一，张森文戏称自己“手不够快了，脑不够快了”，得保持一种虚心的态度向晚辈学习。“只要脑子还能动，还能接受新事物，就说明你还没有衰老，我因此而感到乐观。这就是我的人生态度，这就是所谓的正能量。”

“天上的星星出现了 / 地上的明灯刹那都开放 / 城市似乎已经宁静 / 我却听见她的呼唤。”张森文读起自己少年时期的一篇诗作，恰巧校园广播的音乐声飘进窗来。窗外阳光正好，一群刚刚下课的青年学生正熙熙攘攘地走过，偶尔可以听见爽朗的笑声；窗内树影洒在桌面上，这位年逾古稀的老人正享受着傍晚的宁静时光。他内心的那盏明灯，一直亮着，而且愈燃愈亮。

（文 / 易静）

翻越那座山

时值盛夏。重庆的气温，在这个夏天显得格外收敛，虽然再过几天就是大暑，日间最高温度也未超过33度，不同于往年的燥热，丰厚的雨水似乎为今年的夏天多带来了一些心旷神怡的宁静。

南川区清泉村位于重庆市南部，属于大娄山褶皱地带，坐落在金佛山脚下。高速路开通后，这里离市区不过二十分钟车程的距离，呈现的却是和城区迥然不同的景貌。成片的水稻在高低错综的梯田里贪婪地享受着阳光雨露的滋养，溪流携带着无数人家的故事穿梭于山林之间，勾勒着一切人们对于乡村的想象。从高速路下道口再往前走8公里左右，就到了周仁江的家，他和几个子女正在商量怎样庆祝自己的八十大寿。

“不求任何人”

1939年，周仁江出生，那个时候他还不叫这个名字。因为那时养大一个孩子实在不容易，村里的迷信思想就觉得孩子出生时应该认其他有条件养大孩子的家庭的父母做爸妈，这样或许能让孩子平安长大，满足贫穷无望年景里的一丝念想。于是，周仁江一出生就认永安街上的一个叫李长六的人做干爹，年龄排下来正好在李家排第四，便被叫作“李四”。

转眼要上小学了，老师来家里登记，在家的母亲才想起要给孩子取一个正式的名字。没有读过太多书的母亲自然也不会跟今天的家长一样反复琢磨名字的寓意，那时候“江”“海”都是名字里出现频率较高的意象，隔壁就有叫“刘海江”“李定江”的人，再加上孩子的“仁”字辈，索性将孩子取名为“周仁江”，母亲也未曾想到这随意取的名字，却奠定了孩子一生滔滔江汉般兼容谦让却又奔腾执着的性格。

上小学的时光是快乐的，即使每天都要走一个小时的路程，因为没钱中午也吃不上饭，饿着上完下午的课后才能回家，但是和伙伴一起玩乐的轻松和学习知识的满足感仿佛能消解掉所有的困难，孩童时期的周仁江还不明白读书的意义是什么，只是觉得能暂时摆脱繁重的农业活动已是莫大的幸运。

直到那天，他看到了父亲的愤怒。

在农村，每年的正月十四和七月十四都要写“福纸”烧给已过世的亲人，表达对长辈的悼念，同时也是一种精神寄托。因为家里没有会写字的人，所以每次家中要写“福纸”的时候都是请院子里的五公来写。周仁江记得很清楚，那天父亲很早就做好了饭，请五公来家里帮忙，家里的人去叫了几次，五公都用各种理由推脱，不愿意来，性格一贯比较急躁的父亲非常生气，把孩子叫到跟前，斩钉截铁地说：“好好读书！我们自己写，不去求任何人！”

这句对子女看似简单的企盼，相应的经济支持可能需要父亲多于常人几倍的付出，也或许就从那个时候开始，“学习”二字对周仁江来说多了些许分量，它不仅是一项任务，更象征着一种责任。

信念的沉淀

想要通过学习知识让周家能够挺直腰板的梦想就伫立在前方，可是通向它的道路却布满荆棘，在刚刚解放的农村地区，能够安心念书并非容易。

周仁江回忆起自己读书的时光，总是觉得自己不够努力，可能今天的孩子在抱怨学习压力大的时候完全无法相信，在那个年代“努力”都是一件梦寐以求的过于奢侈的事情。

因为家里没有灯、桌子、凳子等学习所需要的物件设施，周仁江只能在抓紧待在学校的有限时光，复习巩固当天的功课。隔壁的张仁礼家是中农成分，又有做纸的家族企业，每次周仁江回到家里看到他们家的孩子可以笼罩在煤油灯的光晕之下，用笔在看似用不尽的纸张中描绘对于未来的向往时，都无比羡慕，却也只能在门外张望。

情况在小学最后半年的时候有了些许改善。那个时候可以住校，每天晚自习的时候，靠得近的同学便商量着轮流去买煤油，将墨水瓶大小的煤油灯支在两张桌子的正中间。前面一排的同学转过来和后排同学一起分享煤油灯带来的幸福时光，共同在熹微摇曳的灯光中奋笔疾书，憧憬着大山外的世界。初中开始，教室便安装了电灯，6个25瓦的灯泡虽不足以照亮整个教室，但的确是为求学的农村孩子们带去了希望，“那个时候觉得在有光亮的地方学习就已经很好，很享受了”。

学习的条件在不断改善。

“新中国成立后，公办学校的教育经费主要是国家拨款，随着国民经济的发展，教育经费逐年有所增加，1956年为31.5万余元，1959年上升为50万余元……”有了国家对教育的重视和支持，周仁江可以凭借自己优异的成绩从初一开始每个月拿到3元的助学金，能够覆盖每月总支出的一半，这样的补贴对于周仁江一家来讲是极大的帮助，它能够让在田野里奔忙的父母得到些许缓冲，也能让自己在求学的路上多一点从容。

周仁江出生时母亲得了疟疾，以至于这个襁褓中的孩子一个月都没有奶喝，只能靠少量的米汤勉强维持生命，因此他的身体从小就很瘦弱。因为身体条件的限制，他便很少和周围的同龄人一起打闹游戏，加上本身穿的衣服就很破，和朋友玩耍难免会弄坏已经满是补丁的衣服，回来母亲又要重新补。为了减少母亲的工作量，周仁江干脆不与周围的伙伴一起玩闹，多余的时间都用来学习。瘦小的身体在否定他在传统的农业活动中大展宏图的可能性的同时，却成为他通过学习改变命运的有利条件。

从镇上最好的初中毕业后，他考入了县里最好的高中。

在同龄人不得不选择在拮据的现实条件下做出放弃求学的妥协时，父亲仍旧鼓励周仁江继续拼搏。同时，不断充盈的知识在这位少年心中逐渐描画出了外界的丰富图景，“考上大学，去看看山外面的世界看看”，周仁江的心中萌生出了这样的想法。

失意与释然

1960 年，母亲去世了，那时周仁江正在念高三。

在饥寒交迫的年代里，生命的脆弱是任何人都无法抵抗的。在母亲去世一年前，命运就开过一次玩笑。母亲因为受冷，生命垂危，情况不太乐观，但所有人仍没有放弃抢救的希望，大家在母亲冰凉的身体旁放了几个火盆，熊熊燃烧的炭火承载着整个家庭的殷切期盼，过了几个小时，母亲竟然活了过来。

可是这次，命运并没有手下留情。

老师等周仁江吃过早饭后告诉他：“你的母亲去世了，我给你请好了假，你回去看看吧。”

周仁江听到了消息，先是怔住了，过了几秒钟，眼泪夺眶而出，他飞奔向 10 公里以外的家。

父亲怕儿子没有收到消息，也往学校的方向走来与他汇合。回家的路上，或许是因为有了父亲的陪伴，周仁江的心绪慢慢平静下来。他只记得那是一个阴天，沿路的几户人家都已经插了秧，禾苗在田野里按部就班地生长着，回到家后，他看到所有的一切都很破败，种菜的园子也已经荒了好久了。

回荡在他耳畔的只有一句话：“存者且偷生，死者长已矣！”

母亲去世后没多久，周仁江高中毕业，也到了填报大学志愿的时候。这可以说是他求学路上十几年来最期待的时刻，因为考上大学他就可以翻越眼前的这座山，开拓更为广阔的天地。

那时，与周仁江内心的激动相伴的还有百姓的苦痛。1961 年正是我国三年自然灾害末期，全国上下的重心都在如何解决人民的生存问题上。

据周仁江回忆，那个时候老师对教学也没有特别上心，很多次上课的时候都是以一副疲惫的面容出现在学生面前，有时甚至不管学生，直接在课上睡觉。可想而知，老师们对学生填报志愿的引导作用也微乎其微。

“那时候只觉得‘农业’大学就是种庄稼的，‘交通’大学就是修路的，‘铁道’大学就是修铁路的”，对于一生都想翻越这座大山的周仁江来讲，并不希望自己读了大学之后依旧回到这片土地上，加上自身比较喜欢文学和历史，于是，在填报志愿的时候他就避开了有关工农业的一类专业和有关医学的二类专业，选择了有关文史哲的三类专业，选择抛开现实的束缚，将未来托付给自己的理想主义情怀。

可现实总会在人最满怀希望的时候给予他重重的一击。

因为对志愿填报和招生政策的不了解，周仁江一厢情愿地填报了自己的志愿，却并不知道在那个经济困难的年代，三类学校的招生人数极少，因此，他落榜了。

他的那些对大学的向往连同走出这方土地的梦想一起沉寂在了山林里。

五个月后，没有考上大学的周仁江作为“回乡青年”被村里的生产队请来当会计，负责分粮分钱及其他决算工作。

“一开始是有些觉得不值得，觉得学到的知识没有发挥出它的价值，有些失落。”周仁江顿了顿，“但是学到的东西始终在那嘛，总会被人发现的”。

有一次村里的干部视察工作时，发现他字写得不错，算账也算得好，觉得让他一直待在生产队里是一种对人才的埋没，马上推荐他去大队当会计。在大队当了5年的会计后，周仁江就被调到粮站上班。“当发现自己学的东西还可以派上用场时，对自己也就有了一种心理上的安慰，待在农村也变成一件顺其自然的事情。”

谦让与较劲

谦让，是对他人谦让；较劲，是和自己较劲。

这两点似乎贯穿了周仁江的一生，成为他或许连自己都未曾发现的处世哲学。

“因为身体比较虚弱，所以天生就不爱和别人争。”周仁江笑着说。小时候，不爱和伙伴争抢的他把时间和精力都投入到学习中，长大学了知识后，更是觉得大丈夫应当拥有广博的胸怀，即使是作为没能考上大学的回乡青年，他心里也始终保持着知识分子的独立与儒雅。

有时候同村的人会调侃他生活的乏味，笑称大家都是“茶馆进，酒馆出”，只有他过着单调的农村生活，周仁江不急着争辩，只是回了一句我的生活是“花园进，菜园出”，沉湎于物质享受的平凡与执着于诗意人生的追求两种生活态度在简短的六个字之间高下立见。

当然，谦让有时候会让自己承担更多的辛苦。

1980 年 9 月，南川县开始普遍推行农村“联产计酬”生产责任制。村里的土地都要种稻麦两季，上半年蓄水种水稻，下半年把水放干后种麦子。生产队在划分承包的土地时遇到了一个难题，由于地势的影响，有一块土地是放不干水的，只能种水稻，这就意味着被分到这块土地的人家相比其他家庭会少半年的收成。

一开始分到这块土地的人家怎么都不肯要这块土地，周仁江看到了这样的情景，想着这样争吵下去也不是办法，主动给村干部说他们家要这块土地。可在当时，心胸较为狭隘的农村干部并没有觉得周仁江这样的做法是为他们减轻了工作上的麻烦，反倒还觉得是不是那块土地上有什么自己没有发现的好处吸引了周仁江，从此以后反而更加刁难周家人。“反正队上一遇到比较重的、累的活儿就让我们来干，完全就是弱肉强食！”妻子在一旁嘟哝着说，周仁江低着头，没有说话。

谦让是美德，但其弊病就在于当其他人和自己思想不一致的时候，自己反倒会成为被欺负的对象。

在土地所有权还没有那么明确的当年，许多争强好胜的人都通过自己的强势赢得了还算满意的生活和农作的空间。因为周仁江不太喜欢跟别人去争夺，留给周家的土地相比周围的邻居就少了很多。为了能给孩子们营造一个能够活动的环境，周仁江决定发扬愚公移山的精神，将房屋后面的土，一点一点地背到后面的小山坡上去，只要一有空就来背，这才形成了今天所看到的后院。

院子的大小不过 80 多平方米，高度约为 5 米，孙辈们奔跑起来可能还会嫌这个坝子太小了。今天要移走几百个立方的土可能用挖掘机一天就能搞定，可在当时，这个院子的出现却耗费了老人十几年的青春，脚下平整的地板浸满了这位老人数不尽的汗水。

周仁江很少去想这样的谦让是否会让自己吃更多的苦，他只是觉得自己让一点，就能够减少一点争吵，最后的效果是很好的。而对于自己来说，不管怎么让，只要工资卡还在自己的手上，能够支撑家庭的运转，就是不亏的。

眼下是期待

周仁江对知识的崇敬与敬仰，自然也在他对子女的教育中体现得淋漓尽致。在子女的同龄人都要通过农业上的劳作来为家里减轻一定的经济负担的时候，他全力支持 5 个子女认真读书，有时候妻子让孩子帮忙做下劳动，他还会提醒妻子，不要占据孩子们的学习时间，要让他们把充裕的精力留给学习活动。

5 个孩子都要念书，这对于周仁江家来说也不是一笔小数目。

“子女学习上的开支，是家庭里最重要的部分，相当于是军事支出，怎么都不能克扣的，先满足了这部分的支出，其余的勉强能够维持生活就行了。”

从小羡慕别人学习环境好的周仁江，终于也让自己的子女拥有了令他人艳羡的学习条件。

“后来我也在反思，是否对子女的要求过于苛刻了，因为自身的水平有限，社会发展变化的速度太快了，我对子女的教育和辅导还不够完善，显得有些急躁了。”周仁江垂下头，慢慢地说道。

据子女回忆，父亲为了让他们好好学习，不让他们与周围的人玩闹，怕惹出事端，父亲干脆把前门钉起来，阻隔了他们与伙伴见面的机会，只留有通往学校的后门供子女们上学。在父亲眼里看来，平日在学校里和同学们的相处已然能够满足孩子们的社交需求，回到家就应该好好抓紧时间学习。这样看似有些矫枉过正的做法自然得不到子女的理解，时至今日，当子女们谈起整个周家的社交能力都不太强的时候，父亲当年的做法成为他们主要的归因。

“书中自有黄金屋”，周仁江对读书重要性的强调，不仅传递给子女，同时也不断地讲述给孙辈，每当孙辈回到乡村来看望他的时候，他都会不厌其烦地告诉他们知识和理想的重要性，并号召大一点的孙辈将自己的所见所学讲给兄妹们听，让他们拥有对未来的向往。

周仁江回忆到自己一生最大的遗憾就是没能考上大学，究其一生努力的程度也支撑不了他翻越那座山，因此他最大的希望便是后代能越来越好，能够替他完成他的梦想。

如今，周仁江的生活是早上起来就去菜园里逛逛，吃完饭就将平板大小的唱机打开，播放他喜欢的歌曲。有一次放到《北京欢迎你》的时候，听到路过的人酸溜溜地说了一句：“天天都放《北京欢迎你》，没看到你家有人在北京呀！”

不喜欢争吵的周仁江自然不会去争论什么，现在他回忆起这个场景，笑了笑，脸上止不住的笑容：“你看，果不其然，前年我家孙女不就考上了北京的大学嘛！替我争了一口气！”

“是否翻越了那座山已经不重要了，我现在只希望后代们能够在更大的舞台上表演。”周仁江说。

（文 / 蔡雨耘）

往事如烟

香港回归以来的二十多年间，在迁移浪潮中的人们来自不同的年龄层与社会阶层，拥有着不同的心态，也因不同的人生际遇在彼此的命运中相互碰撞。晨昏至黑夜，时代如列车，在每一站下车的人都看见不同的风景，也遇见不同的道路，而路上的种种坎坷，也不尽相同。

在这座城市的夜色里，20 世纪 70 年代出生的梁生与他的家人、80 年代出生的文身师国天维与他的宠物、90 年代出生的谭瑶与她的丈夫，他们沉沉睡去。在列车的高速行驶中，他们与城市一同入眠，在时代的背景中憧憬着各自的未来，继续他们的生活。

谋生

梁生抬脚走进这间不到四十平方米的房子，狭窄的阴暗门廊上晾着一家人的衣衫。整个房子仅有一扇小小的窗，往外可以瞧见深水埗拥挤的商店街面。

他从大陆移居来香港的日子，已有六年。通过香港移民的单程证制度，儿子和女儿已经靠着直系子女的亲属身份，相继成为新来港人士”。在这里，他做的是苦工，每月的工资有1.2万港币，租房便花去8000港币。饶是如此，六年后，凭借省吃俭用存下的积蓄，一家人在大陆老家购置了一间三十万人民币的房子。

梁生和妻子怀着回大陆养老的心，生活的方向与轨迹仿佛就此确定下来。

刚挤下地铁，收工回来的他汗流浃背，穿过拥挤的深水埗街道。沿途是卖打折运动品牌衫、电器维修的店铺，老式的灯牌在傍晚时分已经亮起，街道中央是一家连着一家的蓝色帐篷式店面，商品多种多样，行人只能从街道两侧穿行而过。

梁生在香港的落脚点便位于深水埗街道，商铺间夹着的铁门入口很容易让人略过，倒是一些在黑墙上张贴着的按摩小广告成了显眼的指示牌。

“我老婆的姐姐一家几年前也来香港了，她儿子娶了一个香港本地人，已经在元朗那边买了一套价值一千多万港币的房子。”坐在这间不到四十平方米的屋子中，他说道。

1968年，梁生出生于广东汕尾一个普通农民家庭，妻子也是同乡，从小便听闻着老乡如何去到香港过上好日子的故事。这其中，诸如农村女远嫁大龄香港客，接着把一家都接过去的故事已习以为常。

据香港政府统计处的资料显示，1986 年有 16451 宗两地跨境婚姻，1997 年香港回归后攀升至逾 3 万宗，2006 年达到高峰，共计 3.5 万宗，约占当时香港结婚总数的 55%。

梁生揣着他的香港梦，也凭借亲属身份南下香港。梁生的儿子跟着父亲做散工，女儿则在香港旺角的化妆品专柜工作。

香港的屋子小，一家人每逢节假日就回乡，获得喘息的空间，梁生妻子早已习惯两地奔走。她转身走进四平方米左右的小房间，房子里仅有的一扇窗就在这里，六层楼的高度，从窗外往下望去是深水埗一间连一间的密集商铺，灰败的墙楼恍若 20 世纪香港电影里时常出现的景象。儿子收工回来，快速在逼仄的卫生间冲凉，还未吃饭，便爬上双层床，不一会儿就沉沉入睡进了沉沉的睡眠中。

文身师

此时，香港这座城市尚未入夜。

旺角通菜街的一家文身店里，文身师正站在骷髅头的装饰模型旁帮客人文身，墙上的木柜中摆满了八排颜料。

出生于 20 世纪 80 年代末的店主国天维表示，在香港十八区公认最穷的深水埗里，那些住在“纳米楼”“屏风楼”甚至“棺材房”中的人不仅仅是“新移民”，还有一部分是没有家庭或者有生病、吸毒等问题的香港本地人，“他们通常没有亲人，在香港，一名单身汉等公屋可能需要十年时间。”

国天维本人则是从去年开始，才正式从深圳移居香港。

国天维的祖籍是贵州，母亲在他 6 岁时便去世了，家里有一个同父异母的哥哥，父亲一个人将他拉扯大。小时候他便喜欢画画，一度想考美院，只不过家庭支撑不起学费。

17 岁那年，他只身一人到深圳打拼，在深圳大丰村当技工。这是深圳知名的油画村，但国天维表示，“跟艺术沾不上一点边”。后来，他觉得自己运气好，遇上了一个想招文身师却对文身一窍不通的老板。网络防火墙还未建起时，他悄悄上视频网站 YouTube 看文身教学视频，一路自学摸索到今天，边学边做，直到出来自立门户，开了一家属于自己的文身店。

香港回归后，两地人口不断双向流动。近年来，随着大陆经济的发展，不少港人选择北上发展，国天维的前妻也是浪潮中的一员。正是在深圳那家文身店，国天维和来自香港的前妻相遇，师徒 9 年，婚姻维持了 7 年。

前妻是香港本地人，依据配偶来港定居政策，香港每天 150 个名额，国天维拿到了去香港的单程证，便在香港按揭贷款买房，2017 年 5 月，正式定居香港。国天维的文身店，也在旺角开门了。

2017 年 7 月，在香港定居只不过短短两个月，国天维却离婚了。将香港的房子留给前妻后，国天维一个人带着一只狗、两只猫走了。

“在文身行业里，口碑是一切。”在深圳时，文身的不少客源是来自香港的，国天维选择留在香港，第二个原因是，前妻决定定居深圳，他“不愿意再看见他们”。

在自己旺角的文身店里，国天维笑道，“我是喜欢狗的人，她（前妻）喜欢猫，我就说我也喜欢”。回忆从前，说到如今自己在香港，又再次孤单一人，他一度哽咽。

“浮萍一样，根基不在这里。”教育背景、生活背景、文化背景都不同。虽然每天都能见到来自各行各业的客人，从消防员、警察到护士，应有尽有，但国天维至今没有与一位客人成为亲密交往的朋友。在孤独无助的时候，国天维上网遇到贵州的同乡会，他仍然觉得，即使有相同的背景，“没有相同的经历，有时候也很难理解对方”。

不过，在生活适应的烦恼与身份认同的无奈之外，国天维仍然觉得，“我挺喜欢这座城市的，这里可能是香港最脏的其中一条街，但是也是最有活力的一条街。”他还参加了香港的国际文身展，凭借一门手艺，决定慢慢融入这座城市。

比手掌稍微大些许的文身，每个收4000港币，来找国天维的客人通常选择做比较大的。“每个月勤奋一点，能赚十多万，供楼一万”，他自认不是喜欢出去吃喝玩乐的人，“因为对那些不感兴趣”。

他翻出和前妻分道扬镳时发的朋友圈，上面用繁体字写着这样的内容：“我来自工人阶级家庭，父亲在电灯泡厂做工人，小时候常去父亲的车间，那车间里有很多蓝色的好像水晶一样的玻璃堆成了山，就像爱丽丝仙境一样，父亲说那是废料等待回收的，回收的过程我看到需要把这些漂亮的石头砸个粉碎，才能进高炉。”

若从高楼望去，香港的夜晚星星点点。采访完的那天晚上，国天维和他的一只狗、两只猫一起睡在文身店里。即使他身体不舒服，第二天也照常开工。12点起床，打扫一下卫生，根据客人的身体情况决定收工的时间。现在还不到一年，他觉得以后自己的圈子会慢慢建立起来，他希望能在香港，“熬下去”。

这是一个安静的夜晚，正如在香港和深圳这两座城市里的许多个夜晚那样，国天维沉沉地睡去。

“港女”嫁“陆男”

20 世纪 80 年代，正是香港经济发展最繁荣的时期，两地跨境婚姻中也以“香港客”娶“大陆女”为主。据香港政府统计处的资料显示，至 1997 年，两地跨境婚姻中“港女”嫁“陆男”的比率还不足 10%。大陆经历改革开放后，经济发展迅速，这股浪潮也开始呈现逆势之态。

1992 年出生的“港女”谭瑶便嫁给了一位内地先生。

谭瑶和姐姐一样来内地读大学，认识了现在的丈夫张生。张生是他姐姐的同学，在外出游玩时对谭瑶一见钟情，在他坚持不懈地追求下打动了对方的心。

“他对我很大方，性格不像香港那边的男生。”谈起为什么会嫁给一个大陆男生，谭瑶毫不犹豫地回答，“那些觉得香港什么都好的，思想太老旧了，时代都变了”。

谭瑶的父母一开始也反对他们在一起，甚至怀疑过张生是否看中的是女儿的户口。尽管内地经济崛起，人们的意识中仍然存在一种刻板印象。

“我爸妈觉得大陆这边的人素质低，有些负面新闻报道对他们有影响，有些港人觉得被挤占资源，嫁过去在香港的亲戚好友这边可能也不好听，但是他（张生）也愿意在香港发展，我这边说服他们不要有偏见，而且最重要的是，我要和谁在一起也是我的人生选择。”

张生说：“我也愿意在香港发展，虽然同样的钱在大陆可以买大房子和好车，而且现在也不是以前，情况不一样，但是我和她想着，为了下一代着想，还有一些医疗制度条件什么的总是比较好。”为了融入香港当地的社会圈子，他正在努力学粤语。

两家亲戚在深圳见面后，谭瑶的母亲邀请张生的母亲到香港游玩。谭瑶回忆起母亲的不愉快，在前往元朗的路上，张生的母亲在安静的港铁上高声说话，旁若无人，“她觉得很不舒服”。虽然上一代没有共同语言，谭瑶觉得并不妨碍各自的人生，“各过各的就行”。

在香港的夜色中，从二十八楼的阳台可以望见远处的霓虹闪烁，路灯齐列如银河。

谭瑶和居住在深圳的公婆视频通话完毕后，便抱着一岁多的女儿在客厅中来回踱步，轻轻哄着她入睡。陆港之间，孩子能否完全在这里走完她的成长之路，谭瑶也不能百分之百确定，“看未来的经济发展情况吧，在哪边能过得更好就去哪边”。

香港回归以来的二十多年间，不同年龄层与社会阶层的人们在两地往来、迁移，各自怀着不同的心态，彼此命运互相碰撞。时代的列车还在继续前进，未来又将遇到怎样的风景，抑或是坎坷？

未来很长，他们此时此刻能做的，是与这城市一同入眠，等待这趟列车的下一站。

（文中人名均为化名）

（文 / 林芯芯）

Chapter Ⅱ
炼

奔波风雨中

放弃“仕途”

我和奶奶刚进门时，关寿颜正翘着地郎腿靠在椅子。他和妻子阿秀一边吃苹果，一边有说有笑地看电视。

他家在村子唯一的一口老井旁，从水泥铺的主干道拐下来，转过竹篱笆圈起来的一方菜地，一栋五层楼高的浅黄色房子静静伫立在夕阳的余晖中，顶层有个中式小阁楼，橙红色的琉璃瓦闪着光。种在楼顶的勒杜鹃没有开花，绕着围栏低低地垂下来，绿意盎然，一眼看过去，庄重又温柔。这一条小路并没有修好，我们踩在泥土里的碎石子上，鞋底咯吱作响。我抬头看看越来越近的小楼，手心有点发汗。

关寿颜夫妇看见我们进门，热情地招呼我们坐下，阿秀又拉着奶奶的手，说些“好久不曾走动”“孙女又变好看了许多”之类寒暄的话。我笑眯眯地喊了一声："阿颜伯好！"他"嘿"了一声，高兴地放下苹果，给我倒茶。

我也稍微抬眼暗中打量着他，算算他快五十八岁了。他身着卡其色的无褶西裤束着深色的花衬衫，说话时声音洪亮，走路生风，背部挺得笔直。肚子开始发福，整个人的体型比年轻时圆了一圈。他皮肤黝黑，眉毛很浓，眉间有一个T字形的皱纹。头发理得短短的，看起来不怒自威。我们两家虽然平日来往并不是十分密切，但也是素来交好，因为他和我爷爷聊得来。

五六十年前，关寿颜的爸爸就在当地的一个水利局供职，每个月有一笔可观的收入，可保家里衣食无忧。当时村里大多数人还在受饥饿的折磨，平日果腹的伙食是清汤寡水，小孩子把白花花的冬瓜当成肥肉解馋。相比之下，他们已经可以算得上是数一数二的殷实人家。

他从小就很会念书，村里的人认定是他家那边"风水好"，想着他以后也是要和父亲一样，是个"当官的"。的确，在学习考试这件事情上，他一路顺风顺水，先是以全镇第三名进入城里的高中，再以仅仅比投档线多一分的成绩考到了湛江师专，就读于中文系。

相比起同龄的同学来说，他显得有些沉默寡言，平时上完课就拿着教材到操场旁的树下坐着，一页页地翻，一页页地记。他并不是嘴笨的人，相反，他不会怯场，与人讨论或者发表意见时经常妙语连珠，但是他有更重要的事情要做。虽然读的是中文系，但是关寿颜的语文并不好，高考时只得了48分，而数学的分数比语文多了两倍。他的政治也并不差，他想不明白为什么自己一到语文就栽了。

从小在优越环境里培养出来的傲气，带着一点读书人的较真，逼着他进取，逼着他努力复习功课。

1982 年，他师专毕业，主动请缨去了湛江的特呈岛支教。这个小岛当时还较为落后当岛上的经济只靠一点零星惨淡的渔业支撑着。一周一次的渡轮来往接送出湛江市区采买的岛民。这个 3.2 平方公里、只容纳两千多名居民的小岛几乎与世隔绝。

他跟家里人说了一声，收拾好行李，一头就登岛去了。他的确想要趁年轻多闯闯，一开始就啃最硬的骨头，往后吃什么也不怕牙齿崩了。但是还有一点他没有告诉别人，他来之前就了解到特呈岛虽然偏远贫穷，但是在行政上仍是被划入湛江市区，有了这个保障，日后有人事调动，自己也能轻松地争取到回到市区学校工作的机会。他很满意这个“秘密”，并且马上开始着手他的下一步计划。

“我的目标很明确，我就是要‘做官’的，我要升到主任的位置，最后是校长。”他惬意地眯了眯眼睛，似乎很怀念那个年轻又野心勃勃的自己。但是他从来都不是一个会玩弄权术和手段的人，他只想走一条正路。

当学生们向学校抱怨物理和化学老师的水平不高时，要求班主任一并教这两个学科，当时的关寿颜便是兼教语文和数学两科的初三毕业班的“班主任”。初中的物理和化学并不如现在这般复杂，关寿颜听了校长的转述，思考了一下，以前学的东西应该还没有忘光，再加上每周努力备课，总能把课讲好了。于是便一口答应了下来。他制定了一套自己的授课逻辑和班级管理方法，一人教四门课。

因为他这个外乡人无家可回，所以一直住在学校里。他的宿舍只有一点儿地方，没有厕所，只有一张床，一张办公桌，以及一个灶台，他个子高，常常被门框撞得眼冒金星。但是学校的经费有限，实在挤不出什么钱给他修建住所。他带的毕业班功课多，学习很紧张，他又一人兼四职，傍晚放学后经常有学生留下来问他问题，人多了，挤在一起不成样子，他索性把宿舍的汽纱灯拿到班里，开了晚自习，经常忙到十一点。

“噗”的一声，他把灯扭开了，淡淡的煤油味蒸腾而起，灯光明晃晃的，十分耀眼，照亮了大半个教室，也照亮了这位二十岁的青年充满朝气和自信的侧脸。

他在学生面前总是不苟言笑，大多数人看到他总是毕恭毕敬，尽管他只比他们大了五六岁，但是方脸一板，薄唇一抿，眉头聚起乌云，他的“师威”就能把一些调皮的孩子镇住。但是有很多学生喜欢跟他亲近，这位老师做得一手好菜，就如平时在岛上已经吃腻的沙丁鱼，让老师用油炸一遍，再挤上几滴柠檬汁，味道好像焕然一新，油味腥味变淡了，口感酥脆，还很开胃。晚自习之后，老师有时会端上一小碟，大家抢着吃，再说说笑笑各自散去回家。

有个名叫李靖的学生非常恶劣，让不少老师和同学头疼，飙车、喝酒、打架无一不做，不像“李靖”，反倒像哪吒闹海，“他不知打哭了多少个老师”。但是还没等李靖来挑衅他的新老师，关寿颜就主动找上门去了。他要李靖做班长。“大学时的心理学不是白学的，我看出他很有号召力，他平时挥挥手，一群人就跟着他做了，管纪律、组织班级活动正好，还可以磨磨他过剩的精力。我告诉他，现在不读书以后肯定后悔，但是他现在已经很难跟上功课了，唯一能改的就是做个堂堂正正的人。”最后，李靖把班级管理得很好，虽然有时会来向他吐吐苦水，说一些江山易改本性难移之类的话，但是再也没有荒唐地打过老师，平时还会问好。

“他问我为什么要相信他，我只想说每个人都有他自己思考的习惯，而我当老师时，习惯就是‘因材施教，有教无类’。”他说到这，突然想起什么似的，到柜子旁给我们拿来两个大个儿的释迦。这水果是他以前的学生前几天给他送过来的，湛江离他这儿有一百多公里的路程，学生们知道他平日喜欢吃什么，所以开两三个小时的车程给老师送点海鲜或者水果，等等。

毕业班的成绩不是一般的耀眼，当时每位普通教师一个月的工资是一百来块，而按升学率算，一个学生考上高中，每位单科教师能有三十块的奖金，那年的毕业班奇迹般地有三十七名学生升学，而当时关寿颜任教四科。他一下子拿了别人一年的工资。如他所愿，他很快就升为了副主任，三年后，教育局将他调往市区，他也成了任教中学校长的培养对象。虽然并不正式，但是这已经是公开的秘密了，他很快就能当上校长。他有点骄傲，也沾沾自喜。作为一名只有二十四岁的青年教师，这样的前途令人羡慕。

一天下午，他抽空去探望了一下在湛江定居的伯父。这位伯父在附近的一所小学里当了四十年的校长。伯父看到关寿颜，他掩不住眼睛里的赞叹：“你很厉害！”他试探地问：“伯父，您觉得当校长？这四十年你怎么样？”这时伯父啜了一口浓茶，嘿嘿笑了一下：“就这样做着嘛，也没什么……”他仿佛看到的伯父，在一眼就能望到头的平坦道路上，一直走到人生的终点。他突然觉得背脊有点发凉，就像一盆冷水倒在发红的煤炭上，滋的一声冒起白气。

“误入歧途”

他不想要这样的生活，也不想被困在这个弹丸之地。

他往东去了。有个在深圳工作的老同学给他打了一通电话，告诉他深圳开始发展了，而且势头很猛，问他要不要去试试。他看看自己攒了一年的积蓄，还不如那个老同学一个月的工资，他觉得有点不甘心。最重要的是，他年前回家相亲，家里人给他介绍的姑娘挺合他心意，如果不出意外，他马上就要结婚了。到时操办婚礼要用一大笔钱，要是有了孩子，家里的开支就更大了。他想清楚以后用了一个月就把交接工作后，向学校提出了辞职。

因为是被引荐过去的，再加上他的大专文凭很受用，不用从车间流水线做起，直接当了质检员。但是电子工厂的老板还是满腹疑虑，毕竟专业对不上，问他：“这工作你会吗？”关寿颜把包一放，挺了挺腰板，笑着说：“这份工作我不会，但是我能做。”

他每天只睡两三个小时，比流水线工人更辛苦，白天在车间检查成品，监督流程，晚上学习工艺、流程、产品质量的专业知识，为人办事，他不容忍自己出差错，他甚至解决了一个生产事故，为电子厂带来了雪片似的订单。那一次，厂里扩招了一千名工人，而厂里的工人原本就只有三十几个。“铝电解电容器、集成电路的装配，还有电阻、二极管、三极管……当时我们就是做这种东西。”他一个个数着，像是怀念一个老朋友。

他不是一个安分的人，又一个三年，他觉得在电子厂的工作也“望到头了”，于是离开电子厂。回家休整的那几天，偶然间有个算命先生对他说：“你前半辈子很奔波，赚不了什么钱。”他表面没有什么反应，心里却对这些话嗤之以鼻。老天爷定得了人的命，却不见得定得了人的心。到此处，关寿颜大声地笑了起来，拍拍大腿说：“不是说赚不了钱吗？那我非要去做生意！所以就走上了经商这条路。”

这一年，他的大女儿出生。他又回到深圳，干起走私水货，像是彩电、收音机、录像机这些东西。这一行来钱确实很快。一年后，他的眼光瞄向了西部，手里攥着一笔资金，就叫上几个伙伴前往贵州六盘水开锰矿。丰富的矿产兑现的都是白花花的银钱，但是他们几个年轻人还没来得及高兴，就结结实实地撞了一回南墙。当时地偏人稀，不少当地人都眼红他们的生意，最后在一个晚上，他们接到运输矿土的东风车司机的电话：他们上下山的必经之路被人挖了几堆山包似的黄土阻挡去路。

关寿颜灰心丧气地回到深圳，又继续走私。

后来一次被骗的经历，让走私赚的钱一夜之间“打了水漂”，他坐在“深圳－高州”的大巴上盯着窗玻璃发呆，大巴里空气稀薄、潮湿，小孩子打打闹闹，大人们大声地和邻座的陌生人套近乎，嘈嘈杂杂，一片混乱，似乎压得人透不过气来。他抬手摸了摸胸口，似乎这里比车里的气压更憋闷，好像有人拿锤子“叮叮”地敲着，要把那颗滚烫跳动的心脏压成扁平的一片，要把一位做梦的中年男人敲醒。他意识到，走私的路是错误的，是行不通的死胡同。

叮叮……自行车的铃声在身后响起，他下意识地闪身避过。某水利局招工，他过了面试，正式上班了。

“我是个乐天派，呵呵。”关寿颜没有说他怎么从打击中走出来，好像很满意我脸上的诧异，解释说：“我想着，我总会把钱赚回来。”

他好像对人事管理的工作有异于常人的天赋，或者说，他对自己的领导或者老板非常忠诚，办事效率极高，而且局内的领导对他也颇有好感，不吝培养和给他锻炼的机会。优厚的工资让他家里的生活重新进入正轨，同时，种子开始发芽了。

他一下班或者一放假就到城里转，有时看看路牌，有时看看行人，有时看看来往的车辆，没有人知道他在看什么。他好像在憋着什么，在等一个时机。

终于，在一次周会上，他请领导们留下来，跟他们说了自己的想法：他要借用一笔款项，开一家高州最大的酒店，他已经联系好了另外两个合伙人，对酒店的位置和规模也做了详细的规划。也不知他用了什么方法，竟然把局长劝服了，就放手让他去做了。

“城南酒家”一落地，引起无数人侧目，一时客似云来。大家对关寿颜愈发敬佩，他的事迹成为村子里的美谈，有些去过城南酒家吃饭的村民们回来更是吹得天花乱坠，把酒店里的装饰和服务捧得如在天宫一般。

几个月后，他从酒店后厨出来，又想起那个算命先生，他摇了摇头，想：果然还是“我命由我不由天”，酒店大概明年年底可以开始盈利……正想着，路上突然有个同事拽着他往车站走，对他说：

“出事了！”

有位职工去找他的领导，说自己也要借钱。领导不同意不肯，职工就捅了领导一刀。在收审的时候，那个人把关寿颜借用公款开酒店的事情也被抖出来。

紧接着，各种处分也很快下来了。关寿颜主动请求停薪留职，离开了水利局。这年的冬天异常湿冷，天色灰沉沉，他裹着黑色的风衣走在路上，风一刮，这个高大骄傲的男人竟也不免得坨了背，缩了起来。

他把局里的钱还了回去，转让了酒店，遣散了工人，那些精致的碗碟和刀具一并送人或者让邻里好友分掉了，没有转手卖出去，这个随意的慷慨，是他仅存的一点尊严。他又欠了一百多万。

看到家门口时，他有些绷不住了。三个子女还在读书，他却身无分文了，别说学费，他现在连两块钱坐摩托车的车费也没有。之前家里最艰难的时候，阿秀早上五点起来煮一壶粥，拿到手套厂里——她在那里当女工——从早上六点工作到晚上九点，再回来煮点东西吃，脸色都是蜡黄的，很难有一点生气。他原本以为再也不会有这样的日子，没想到才过了两年……

他的心里涌起一股难以名状的悲怆，胃部翻江倒海，头皮发紧，他要被这所谓的命运逼疯了！他突然看着家门口的井，不如……“阿颜！你站在那里干什么！快回来吃饭！”他猛地一惊，回头看着有些着急的阿秀，一身冷汗，他不能死，虽然活着已经没有什么意义，但是他不能死。

之后，他开始酗酒、打牌，整天在村子里游荡，无所事事，也没有任何收入，家里的所有开支都靠阿秀在手套厂打工的收入硬撑着。有时确实撑不下去了，便来我们家的小卖部赊一些米、面和油，村里很多人都不待见他，心中大多有所怨恨：本来是福泽乡梓的大人物，竟然沦落至此。他消沉了好一段时间。

回归正途

2006 年，四十四岁的关寿颜从外地回来，他这几年过得很苦，比以前任何一个阶段都苦。他的表兄给他介绍了一份水泥厂的工作，当时的他还不知道这份工作做得比以往的都要长。

看到他，水泥厂的老板也是有点疑惑："你从来没有碰过这个领域，能做什么？"他的回答还是不改年少时的轻狂，但是不惑之年的他多了沉稳的气息，这句话似乎更有分量："我什么都不会，但是什么都能干。"他是个新人，与水泥厂的每一个员工都没有利益纠缠或者人情关系，老板直接安排他到部门里清除积弊，相当于一个隐秘的人事管理。在厂里头，从称重的地磅处到出入机械配件的五金仓，再到包装厂，他像一个精准的扫描仪，能够检测出不少猫腻，专门为老板斩妖除魔，"我这双眼是火眼金睛，哈哈哈。"关寿颜眯眯眼，装出一副门神一般凶神恶煞的表情来，随后脸部肌肉一松，又跟着我们大笑起来。每一个环节都有"油水"，他一个个部门地整顿过去，查出问题又解决问题，在查到包装厂的时候，他亲自一个一个地清点出入的水泥袋，最后发现了一百多万袋的数据差。水泥袋上有厚厚的一层粉尘，沾到皮肤上会使人痛痒难耐，他的疹子过了一个月才消。

“也有人找过麻烦，毕竟是触及别人的利益，但是我会说我是为老板办事的，查处出来的东西我并没有私吞。正人先正己，坦坦荡荡。而且有时候做对老板一些无关痛痒的手脚，我是睁一只眼闭一只眼的。有些人就是这样，对于利益，他看见你没有，他就算有一点也乐意安安心心干活；假如他没有，你有很多，他就不安分了。”说到这里，他换了一种叮嘱的语气，重新强调了一遍他的“哲学”，“一定要灵活，不要太古板”。

后面的故事我都是知道的，他在2013年的时候把那一百二十万元的欠款还清了，还在家里盖了楼，买了两辆小车，现在都还是在清远的水泥厂兢兢业业地工作着。前两年我爷爷中风瘫痪，他得知消息后焦急不已，一从清远回来便匆忙前来看望他，逢年过节都给爷爷塞一千多元，并叮嘱我们好好照顾他。他还牢牢记得他落魄时我们家一两米、一碗油的恩情。他说我爷爷是他最敬佩的人，为人阔达、堂堂正正、热心行善，为了家庭可以极大程度地牺牲自己，吃多少苦也愿意。说着，阿秀在旁边连声应和。

我摁下录音的停止键，看了看他们夫妇俩。他们又何尝不是呢？

（文／关星杨）

年近半百，老麦走过的路

早晨七点钟，深圳这座繁荣的都市已经在上班族出门的喧嚣中苏醒了。一名男子走出福田区石厦村的出租屋。他左手提着一大袋装修要用到的工具，一手拿着手机，边看手机边快步走进了地铁口附近的一家早餐店里。他吃饭速度很快，吸溜吸溜地就吃完了一碟炒粉或者一碗汤粉。然后起身，走向地铁站，熟练地过安检、过闸门。

除了节假日和其他规定不能产生噪音的日子，以上路程是他每一天早上都要走过的。他是一名装修工人，这是他在这座城市生活的第三十一年，是他从事这个行业的第三十二年。在深圳摸爬滚打了三十一年以后，他慢慢地树立起自己的口碑，主动找他装修房子的业主不在少数，还包括老客户转介绍的“亲朋好友”在这座城市里，他们都叫他“老麦”。

1970 年的炎炎夏日，他出生在广东省西南部的一个小山村里。

小山村前前后后被大片大片的竹林包裹，村里地势不平，当时还是泥地的小路坑坑洼洼。村子里人口不多，总共才有几十户人家，这个村子里的人家过着那个时代“标配”的贫穷日子。他的父母都是大字不识一个的农民，家中兄妹五人，他排行第四。

以前生活在农村的人不在乎正式的名字，甚至在要离家的时候才会给自己的孩子取一个正式的、上得了台面的名字，在此之前他们更愿意取一个叫起来顺口、接地气的小名。他的父母就在他小时候给他取了一个很容易念的名字——“阿秀”。从此，他的长辈和同辈们就这样称呼他了。尽管他后来取了正式的、写在户口本上的名字，村里的人还是习惯于叫他“阿秀”。所以，在老家，他就叫“阿秀”。

锻炼成装修行家

三十二年的时间赋予了老麦丰富的工作经历和娴熟的工作技能，他可以称得上是装修方面的“专家”，对装修房子的流程、时间选择、建材的选择，他都很有研究。

聊起装修房子的流程，老麦的话匣子仿佛被打开了。他尽力少用行话，好让对这个行业一无所知的人也能听懂他平时的工作内容。老麦是这样介绍的：在接到一项装修工程之后，首先要去看看那套房子的构造，设计出装修图；业主没有意见之后就跟他签装修合同；然后报批物业公司，申请装修。前期准备工作做完了之后就可以开工了，但是如果碰上比较讲究意头的业主，就还要贴上“开工大吉”

的大红纸。正式开工之后的装修工作按着改房屋结构、水电、防漏系统、地板瓷片、门窗、木工、油漆、灯饰这样的流程进行。因为在进入这个行业的最初几年老麦几乎每个工种都接触过，所以他基本上一个人就能包揽所有的工作，可谓是“全能型人才”。但是这样一个人装修一套房子基本上需要两三个月的时间，如果业主着急入住，他也只好再找别的工人来帮忙。

老麦还介绍说，装修行业跟旅游业一样，分淡季和旺季。每年的四月到七月是淡季，因为春夏季节雨水多、天气潮湿，建材会发霉，这个时候装修对房子不好。一般人家会选择在年底的两三个月装修，这个时候天气稍微干燥温暖一点，建材不易潮湿；而且年底人们收入也多。他继续补充说：“楼市不是有‘金九银十’吗，九月、十月买了房子，年底就差不多要装修了，这样过年也好搬进新家住。”

建材市场是老麦经常光顾的地方，那里对他来说就像是普通人平时逛的商场，只是建材市场里没有琳琅满目的服饰和零食，有的只是各种瓷砖、木材和油漆。老麦最常去的是石厦村附近的几家建材店，在此之前他会先询问业主想要什么材质和外观的材料，然后通过比对几家建材店的价格等各方面的差别之后，再做定夺。由于几十年间接触过太多的不同类型的材料，以至于他现在对材料的敏感度非常高。有一次，老麦在经过一个地下通道时，觉得通道两边的墙看起来很独特，就习惯性地拍了拍墙皮——希望通过声音听出它的材质。“但是我那次没有拍出来它是什么材质”。他笑着说。

但是这份工作赚的都是辛苦钱。每天都需要爬上爬下搬搬抬抬不说，老麦还因为过多接触装修时的粉尘、木屑等而患上了过敏性鼻炎。现在他每天晚上睡觉床头边都要放着一瓶药水，否则半夜可能因为鼻塞无法呼吸。在装修的过程中，他也经常因为一时疏忽大意被锤子砸到手指、脚趾，最严重的一次：大拇指的指甲盖都被砸变形了。

在阿秀上学以前的年代里，生产队还是一个很重要的名词。那时候，生产队会把队里的耕牛分给每户人家去放，所以彼时只有五六岁的他就同小伙伴们一起到村子旁边的小山坡上放牛。小孩子难免有贪玩的天性，阿秀常常在放牛的时候被山坡上的花草树木、虫蚁鸟兽吸引，却没有注意到牛已经跑远了，甚至吃上了菜地里的菜，而被家里的大人责骂。

到了上小学的年纪，阿秀就跟村子里的孩子一样，进入了隔壁村的小学读书。说是小学，其实从小学一年级到五年级每个年级都只有一个班，每个班只有几个学生，所以经常出现有的班人太少或者老师不够用而把两个年级的班合并一起上课的情况。

刚上学那几年还有生产队，下课之后阿秀还是要和小伙伴一起到山坡上放牛。后来，在他十岁那年，随着中央决定实行家庭联产承包责任制，旧时代里的人民公社解散了，生产队也随之解散了。那时年幼的阿秀要等到十几年后才明白，大人们口中这些晦涩难懂的词语究竟是什么意思，以及这个制度的变化对农业生产的影响有多大。对那时未经世事的他来说，最明显的变化只是下课之后不用再去放牛了，干活也不用记工分了。

初中毕业之后，对学习没有什么兴趣、成绩也不是很好的阿秀眼看着家里生活依然拮据、大哥大姐已经外出打工、二哥读高中需要家里很大的支出，萌生出了外出打工的念头。但是做出离家的决定并不简单，他也有那个年纪的年轻人会有的恐惧，他也想过远走他乡、人生地不熟可能会发生的不好的事情。但是在离家的恐惧和现状的窘迫之间，阿秀还是选择了向前者发出挑战。

阿秀的二哥后来以很优秀的成绩考上省内的一所名校，现在已经是深圳一家国企的管理层。二哥对当时年仅十六岁的弟弟外出打工给自己赚学费一事一直很过意不去，所以对阿秀和他的家庭很是照顾。阿秀回忆起二哥说过的一句话“没有我弟就没有现在的我”时，脸上浮现出复杂的表情。

离开家乡的阿秀，就像一颗图钉，被人从地图上的这个点硬拔出来，然后插入了地图上的另一个点。离家后的第一站，他选择了广西壮族自治区的合浦县。问及原因，阿秀挥挥手，解释说：“那时候刚出去当然要靠人脉的，有个有点亲戚关系的人在那边做工程，我就过去了。”说着，他又用手在空气里比了一下距离，“喏，你看，合浦县离我老家也比较近。”一个十几岁的乳臭未干的小伙子远走他乡，又没有身怀技能，就只能先依赖人情关系找一份工作，也不管会不会做，工资高不高，只要找得到工作，就有安定的感觉。说起那时候的工资，他忍不住自己先笑了起来，“一天只有五块钱。一斤猪肉都要三块钱了，一天赚的钱就够买一斤多猪肉”。就这样，这个年仅十六岁的少年在离家一百八十公里的地方找到了人生中的第一份工作——建桥梁。

人生转折点

深圳与中国香港只是隔海相望，所以老麦平时也经常接到中国香港来的业主委托的装修工程。但是这些中国香港业主并不是单纯地到深圳买房投资的，他们中的大部分需要装修的房子都是旧屋拆迁之后政府赔偿的新房。说到这些香港业主的过往，他的语速慢下来，像是要开始讲述一段遥远的故事一样：“这些业主虽然都是从中国香港过来的，但是他们的祖屋还在深圳这边。2015 年之后开始城中村改造，他们的祖屋被拆了之后政府就赔了新房子给他们。”这几年间，随着深圳市旧村改造计划的深入，越来越多老旧的城中村建筑被拆除，这其中就有着那批逃港者的祖屋。

让老麦没有想到的是，城中村拆迁行动居然会给自己带来工作。因为他常年和工友住在位于城中村的宿舍里，所以周边熟悉的住户会把他们介绍给那些需要装修工人的香港业主那里去。“香港人装修很讲‘意头’，有一个业主还叫我帮他买过乔迁时要用的木米缸、斗升这些东西。”老麦语气一变，又讲起了给香港业主装修房子时的趣事。

因为装修这个行业跟房地产有很大的关联，毕竟房子卖得好才会有更多的人需要装修工人，所以他一直对深圳的房地产的情况很留意。2008 年发生过一场席卷全球、影响重大且深远的金融危机。因为那场危机虽然过去十年，老麦的记忆还很清晰。他记得，2007、2008 年是金融危机很严重的时期，股票跌停，房价也降得厉害，深圳福田区中心的房子一度降到五六千元 / 平方米的价格。但是那时候谁的口袋里都没有钱，房价再怎么降房子也卖不出去。没有人买房子就没有装修需求，和老麦一样的众多装修工人的收入在那两年时间里也很受影响。

为了应对全球金融危机，时任总理温家宝提出要投入四亿元人民币用于基础设施建设，从而拉动内需。这个政策实行了一两年之后，市场慢慢地又开始活跃起来了，买房的人也开始多了起来。老麦可以明显地感受到，2010 年之后自己可以接到的装修工作开始多了起来，但是深圳的房价也在那之后每年翻倍地涨。

老麦还记得，1997 年香港回归前后，深圳的房地产市场也发生了变化。在香港正式回归前夕，很多港商担心香港即将实行的新政策会对他们不利，纷纷把资产转移到加拿大等西方国家。但是 7 月 1 日之后的一段时间里，还留在中国香港的富商们逐渐觉得大陆的政策还是比较开放的，经济环境还是比较稳定的，所以纷纷跨过深圳湾，到深圳投资，房地产自然也是其中重要的部分。“香港回归之后一两年时间里，靠近蛇口口岸那边的房价就涨了很多。”

1994 年是老麦人生中的一个转折点，这一年是他跟妻子阿娜相识相恋的年份。回忆起这些青春往事，年近半百的老麦脸上露出了大男孩才有的羞涩。那时候，阿娜因为相似的家庭环境也从西南部的小山村来到了深圳这座年轻有活力的大城市，在平湖做起了摆卖衣服的生意。老麦永远记得，在一个七八月份炎热的下午，闲暇无事的他到阿娜摆摊的商场闲逛，一眼瞥见了当时年轻貌美的阿娜。“觉得挺顺眼的”是他给当时这个女子的评价，但是他脸上时不时浮现出来的害羞说出了他的真实心声。后来，阿秀经常以看衣服的借口到阿娜的摊档闲逛。一来二去，两个年轻人就相恋了。

1996 年 10 月，结婚后半年，他的第一个儿子出生了。因为深圳生活成本太高，妻子又忙于家务无法外出工作，所以妻儿只能住在老家新盖的房子里，而老麦依旧在深圳这座熟悉的城市里奋斗，只是此时的他多了一份责任，也多了一份相思。

为了多省点钱寄回给远在老家的妻儿，他从结婚以来的十几年里总是像一只候鸟一样，不停地朝房租便宜的地方迁徙。只是候鸟的迁徙有归途，而他的没有。20 世纪 90 年代末的时候，老麦在南山区两百块钱一个月的房子里和几个工友一起合租，三四年之后搬到福田区的上沙村，同样是跟别人合租。后来因为那个地段发展起来了，房东不停地提房租，于是他又搬出去，就到了现在的在石厦村的宿舍。老麦现在的宿舍是六个人一起住，每个人其实只有一张小床的位置。虽然住得不宽松，房租却也是一直在涨，从 2010 年刚搬进来时候的七百元 / 月涨到现在要两千元 / 月。

虽然住在福田区的石厦村，他也希望自己的接的工程都能在宿舍附近，但是老麦也坦言，工作是轮不到自己来挑的，比较远的工程也只是坐车的时间长一点而已。他曾经接过最远的工程在龙岗，从宿舍附近的石厦地铁站上车，要坐一个多小时才能到达，像极了每天从市郊通勤到市区上班的白领们。这让他想起了深圳还没有地铁的日子。深圳地铁的 1 号线是在 2004 年开通的，在那之前，他都是坐公交往返于工地和宿舍之间的。坐公交有诸多不便，塞车是其中最麻烦的事。“有时候塞车塞得厉害，从工地回到宿舍要两三个小时，回到宿舍都已经晚上八九点了。”他对这些看起来很艰难的事情很是轻描淡写。后来通了地铁，不仅往返时间变少了，也可以更准确地预估时间了。

桥梁建了一年建完了，因为是短期工程，这个工程做完了之后阿秀就又变成了没有工作的异乡人。但是幸好，同村的一个从小一起长大的男孩一年以前去了深圳的一个工地，刚好那个工地现在也缺人，就叫阿秀过去一起干。那时候，粤西很多农村的男孩外出打工都是到工地做建筑工人——现在也是如此，因为这份工作不需要什么知识水平和专业技能，容易上手，而且需求量比较大，不容易失业，对从小山村里走出来的他们是很好的选择。

初到深圳，因为还没有掌握建筑这个行业的技术，所以他只能从最基础的没有技术要求的小工做起。他记得自己当时去的是八卦岭工业区，建了一年的厂房。后来的几年时间里，他基本一年就会换一个工作方向，从小工到技术工，从油漆工到木工。并不是“朝三暮四”、摇摆不定，而是因为由于工作的不稳定性，如果一直“坚守”着一个工种，很有可能长时间都没有工作。他笑着说：“我们这一行，挑不了的。”对每个工种都有过尝试的经历，让他对装修的流程有了更熟悉的把握，也让他慢慢积累了人脉和口碑。

回首往事　无悔青春

说到当年做出的从合浦去深圳的决定，他微微扬起头，脸上尽是自豪甚至有点得意的表情，说话的语气也能听出他对自己的决定很满意：“深圳那时候在改革开放嘛，全国人都往深圳跑，这是大势所趋。我也看出来深圳发展潜力好，工作机会多，工资也高，所以我就去了。”他的判断是对的，到深圳之后的第一份工作的日薪就有十几元，是广西合浦的三倍。

30年后回首过往的时候，老麦的确感激自己做了一个正确的决定。不仅深圳当时的工资比其他地方高，工资涨得比其他地方快，而且因为后来的好几次时代转折，这座城市给这群远离家乡的年轻人提供了更多的工作机会。他就这样在深圳落脚了，并且在这座偌大的陌生城市里慢慢找到了自己的人生轨迹。

阿秀是粤西小山村那个年仅十六岁就外出闯荡的少年，老麦是深圳大城市那个经验丰富手法娴熟的装修师傅。无论被唤作阿秀抑或是老麦，他都是那个吃苦耐劳，并且趁着时代的好机会飞上了风口的他。

虽然在深圳住着逼仄的小屋，但是他已经在2012年的时候已经在家乡的市中心买了一套地段好、面积可观、房型良好的房子了。以前老麦总觉得自己的工作不稳定，担心会还不上房贷，一直不愿意成为“房奴”。但是在妻子的坚持下，他们在2012年的国庆期间交了首付。如今七年过去，他家旁边楼盘的价格已经是他买房时候的两倍了，老麦很感激妻子当时的坚持，“现在的房价一天比一天高，当时不买可能就真的要像我在深圳那样租一辈子的房了”。

大儿子今年已经从大学毕业并且在深圳找到了一份稳定且收入不错的工作，两个女儿都在省内排名前几的大学就读。说起三个子女，老麦脸上的自豪和开心仿佛满得要溢出来。他记得以前孩子们还在读中学的时候，家里的阳台挂着好几套深圳市一中的校服，“别提有多威风了”。后来，三个孩子都考取了很不错的大学，亲戚朋友们都纷纷向他表示羡慕，甚至问他“你平时都给孩子们吃什么”之类的问题。“那年二女儿高考成绩不错，我那天中午开心得吃饭的时候都在笑。”老麦的眼角笑出了几道皱纹，像他走过的路一样，“平时没事干的时候就会算算日子，我再干十年就可以退休啦”。

“走了，今天还要装水电。”说着，老麦快步走向地铁站，像32年前带着恐惧和新鲜感前往合浦，像31年前的他毅然决然地走向深圳，带着期待走向一切会更好的明天。

（文中人名均为化名）

（文 / 麦紫薇）

浮萍南漂，心系家乡

5 月 1 日，暨南大学学生宿舍十三栋的打扮得青春靓丽的学生提着行李箱三三两两地走出宿舍，开始享受自己的小长假。而真正的传统意义上的“劳动人民”谢冰，在中午短暂的小憩过后，又回到了与他常年相伴的垃圾堆。

“今天很多学生都出去或者回家了，宿舍楼道的垃圾桶只有零零星星的垃圾。”谢冰一边收垃圾一边说道。他娴熟地把垃圾集中到一个或几个桶里，捆扎、堆放、套袋，随即上楼，走向下一个垃圾桶。谢冰的手遒劲有力，头发稀疏但白发很少，只有脸上和手部的沟壑与星罗棋布的斑点暗示着他是一位七十岁的老人。

年龄最大的收垃圾工人

谢冰是暨南大学某宿舍楼里的一名普通的收垃圾工人，他每天的工作很简单——把桶里的垃圾扎好，放到一起，然后分批运送到楼下，最后将所有的垃圾送上运输车上。但这简单的工作并不轻松，谢冰每日早上和下午各收一次垃圾，面对大学生惊人的生产垃圾的速度显然有些力不从心。

深夜十二点，学生宿舍十三栋的小王同学刷到一条朋友圈："呼吁！不要再将玻璃、带汤外卖倒在垃圾桶里，楼道收垃圾大叔多次因此受伤！"图片触目惊心，小王内心有所触动，马上转发了这条朋友。随后，人们的微信都被这条朋友圈"刷屏"了。

但这类呼吁对谢冰的工作并没有产生任何实质性的帮助。因为许多人转发过后便忘记了，转身又把带汤渣的外卖倒进垃圾桶里。

"这段时间好一点，十一、十二月的外卖和快递盒特别多。那时候冬天，我在凌晨去收，一袋垃圾能有几十斤。"虽然谢冰不认为自己的工作隐含危险，但意外总是难免的。在采访过程中他不时地擦擦自己的右手虎口处，问及原因时他说道："前段时间被垃圾袋里的盒子划到了，就割伤了一点。"原来，十三楼的快递盒非常多，而且同学们扔的时候往往没有将盒子压扁，肆意乱丢，谢冰常因此被划破手。

当记者提出戴手套收垃圾这个建议时，谢冰笑道："我们这些人哪里用得上手套，再说也不方便。"谢冰说这段话的时候没有对自己的工作有所不满或嫌恶，反而向记者"炫耀"自己的身体不错，还能再干几年，但实际上谢冰是物业公司里年龄最大的工人。他没有五险一金，没有合同保障，也没有法定节假日，他能继续工作多久，完全视自己身体的情况而定。

他既没有埋怨人们往里面丢玻璃与外卖汤汁，也没有感慨自己工作的辛苦与不易。七十年的生活经历使他变得淡然平和，也使得他能够胜任这份外人看起来不那么“体面”的工作。

谢冰的月收入只有三千元左右，公司包住宿，六人间，没有空调、洗衣机、电视机。这在常人看来是难以理解的——为何到颐养天年的年纪里还要在外奔波劳动？实际上谢冰习以为常，他的“同事”大多是六十岁左右的老人，有些是夫妻一起过来工作，遇上一方不舒服时伴侣还能顶上。在外人看来这些老人可能家庭关系不和谐，或者没有子女赡养。

谢冰却有自己的看法：“家家有本难念的经。加上我们这群老人要是都不工作，待在家里，对社会就一点价值都没有了。国家能养这么多老人吗？趁现在身体还行，做一点事，也能攒点钱以后用。”说到这里谢冰比了个“十”，这些年来他已经存了十来万块钱的积蓄，打算等到无法工作时回老家跟老伴享福。

每天，谢冰需要早上六点到宿舍楼，开始收五层楼共计四十八个垃圾桶的垃圾。早上的工作量是最大的，有时不仅垃圾堆成小山，在垃圾桶附近也会有几个大型纸箱，纸箱上堆满了垃圾。

让谢冰印象深刻的“十一、十二月”正是大学生们最喜欢的双十一、双十二购物狂欢节，这期间快递包装盒所产生的垃圾数量是惊人的，谢冰口中的“一袋垃圾几十斤”绝不是玩笑话。虽然他笑称自己身体还不错，但是人们依然难以想象年近古稀的他如何拎得起好几袋半人高的垃圾。

曾经的军人

让人意想不到的是，这位身高不足一米六、体型羸弱瘦小、操着一口湖南方言的老人，曾经是一名“湘军”。国家一般会给退役士兵分配工作，退伍后不愁出路。在物资匮乏的年代，这是贫苦家庭最好的选择。谢冰得到了这个珍贵的机会，他在未成年时就入了伍，在部队里非常拼命，不仅在训练时常常表现得十分勇猛，也总是拿奖，人们都说他是部队里的“悍小子”。

谢冰入伍第一年就当上了班长，那时他才刚过十八岁，正是我们现在读高中的年龄。后来许多老兵都提前退伍了，谢冰依然留在部队里，他喜欢部队里的氛围，珍惜与战友们作战的岁月。很快，出色的指挥能力和勤劳刻苦的精神让他当上连长，谢冰想着再待久一点，再过一段时间光荣退伍，他就能分配到好工作，过上更体面的生活。

然而天意弄人，历史给谢冰开了个玩笑，他的“分配梦”被戳破了，还没退伍便被遣散回家。已经活了大半辈子的谢冰现在回想起来，还是会感叹命运在他身上开的玩笑。“当时我是队伍里的老兵了，完全没想着提前退伍。很多比我早一两年退伍的都给分配工作了。要是早一两年走，我的命运会大不一样。有时候（命运）这种东西，真的很难说得准。”

谢冰的感慨没有持续很久，他很快就回到现实，捆好几袋垃圾后，他拿起公用拖把清洁因垃圾袋破裂而洒落一地的外卖汤汁和饮料。但手机里持续弹出来的战友群的消息，不断提醒着他曾是一名军人。

今年春节谢冰拥有了难得的六天假期，他回了一趟老家，跟老战友们聚了聚。说起春节的聚会，谢冰再次带有几分自豪地跟记者“炫耀”自己的身体状况良好。身体素质是谢冰最得意的话题，他说自己年轻当兵时就比同队伍的兵要“能打”，各种高强度训练不在话下。现在老了也很少进医院，“我这个年龄什么都不求了，再富贵也比不上身体好。我今年过去回去看到好几个以前的战友，都拄着拐杖了，我现在还能干活呢。”

谢冰拿他的手机，翻出与战友们的群聊，给记者介绍他的战友。这些战友里有的是退休高干，有的是商人，只有谢冰一人还在南下打工。尽管身份地位大不相同，谢冰与老战友的联系这么多年都未曾中断。每个战友在群里发的消息他都会认真地读并且回复，战友们发的小视频他也会一遍遍点开，并把声音放到最大，手舞足蹈地跟记者分享。从谢冰对战友微信群的关注和大篇幅活灵活现的描述中可以看出，他非常珍惜这段战友情。

平日里谢冰沉默寡言，也很少有什么表情，面对来往的学生时也常常低着眼睛，默默干自己的事情。结合他瘦小的体型，很少有人会把他跟军人联想到一起，只有当他熟练地拎起一袋袋沉重的垃圾时，人们可能才相信他曾接受过专业的力量训练。

南下养家的工人

如果说个人的命运受到时代潮流的裹挟，那谢冰可能是时代的

"弄潮儿"。

谢冰退伍后，从广东军区回到了家乡湖南，从此开启漫长的务农生涯。在家乡，他老老实实地种地、盖房、娶老婆、生孩子，这时的他已经适应了自己身份的转变。不同的是，多年的部队生活经验使他培养出了高度的团队精神和合作意识，他一度活跃在村委会中，并且当上了村干部，管理大大小小的村中事务，村民们都非常爱戴他。二十多年来，谢冰安于平凡的农村生活，一度未曾走出家乡湖南。然而就在 2002 年，谢冰 52 岁之际，他只身一人来到了广东，这个他曾经当兵作战，但从未真正了解过的地方。

谢冰的第一站是深圳。当时改革开放的浪潮已经席卷整个广东省，社会主义市场经济体制初步确立，而深圳作为改革开放的"摇篮"，正发展得蒸蒸日上。谢冰在家乡时就常听到新闻说改革开放，说广东有很多发展机遇。尽管不知道那是什么，直觉告诉他来广东能赚更多的钱。而此时家里的孩子都上了高中，其中一个孩子准备上大学，正是最需要用钱的时候。妻子在家照看孩子无法抽身工作，赚钱的担子都落在了谢冰身上。年过半百的谢冰被迫加入到了南下打工的浪潮，只身来到了只在电视上看过的深圳。

然而现实给谢冰泼了一盆冷水。在谢冰的前半生，他没有受过系统的教育，也没有学习专业技能。即便深圳遍地是机会与金子，对于既没有学历，又没有技能，还年过半百的谢冰，依然表现得格外残酷。谢冰在老乡家里住了几天，面试了所有招人的工厂，却连年龄这一道槛都没有跨过去——所有工厂一听说谢冰已经五十二岁了，马上把他拒之门外。最后在老乡和战友的帮助下，他才找到了一个给小工厂做饭的工作。

谈起来到深圳做的第一份工作，一向平和不易怒的谢冰的脸上露出愠色。原来他并没有如愿在那家工厂安稳工作，老板嫌他做饭口味太重，第二个月便辞退了他。再次经人介绍，谢冰找到了一个保安的工作。虽然工资只有两千多，但谢冰已经心满意足，“当年的两千多已经很了不得了。像我这么老的，在老家工作都找不到，在这里（指广东）已经很不错了。”美中不足的是，保安这份工作虽然清闲，但当时已经五十多岁的谢冰扛不住长时间的通宵值班，不得不另寻出处——给另一个工厂看仓库。

这份工作是谢冰南下以来找到的最满意的工作。老板非常信任他，将所有仓库的钥匙都交给他保管，住宿条件也十分理想。然而耿直的谢冰不愿夹在老板与老板小舅子的复杂人际关系中，思来想去决定另谋出路。他再三辗转来到了广州，然而六十多岁的高龄使他的工作选择极其有限。恰好广州丹田物业管理公司缺一名收垃圾工人，而谢冰当兵的经历让他获得了这份来之不易的工作。他这样一收垃圾，就是三年。

来广东已经十七年，谢冰赚钱的目的已经发生了转变。从养家到养老，从被动到主动，谢冰讲述了自己平凡的故事。他喜欢广东，尤其是深圳，“年轻人很多，我们这种（老年人）也能被别人接受。”

和蔼的爷爷

把白发染黑是谢冰不服老的证据。七十岁的谢冰头发枯黄，但白色很少，这不太符合自然规律。记者提出了这个疑问之后，谢冰有些腼腆，露出了罕见的笑容。原来他嫌自己的白发显老，让同宿舍楼的一个买了染发剂的阿姨帮忙把头发染黑，只是没过多久，染上的黑发慢慢褪色，头发的颜色也就成了现在枯黄的样子。

在常人看来，七十岁的老人还单独在异乡干着收垃圾工作，他一定没有家庭、子女。但事实恰恰相反，谢冰与妻育有两儿一女，谢冰的妻子与大儿子一家住在湖南，二儿子和小女儿分别是工程师和医生，在广东定居。他的儿女们也都有了自己的儿女，“最大的孙子明年就要高考了，今年回家看到了小孙女，她的成绩很好，期末考考了全班第六名……”提到孙子孙女，话不多的谢冰滔滔不绝地说起来，从他们的性格谈到成绩，又谈到他们上了什么样的辅导班。他的脸上出现了少有的温情，浑浊的眼球也仿佛要闪出光来。

谢冰平时话比较少，更少主动提起家庭，导致很少人敢问谢冰的家庭。“一大把年纪了还出来打工，应该没有家人吧，不敢过问。”跟他一起工作了小半年的宿管阿姨一直不知道实际上谢冰早已儿孙满堂，有两个子女还与他离得很近。

谢冰有自己的苦衷，这个沉默的老人心里其实有一笔明白账。一来，他不想增添子女的负担，虽然二儿子和小女儿都在大城市有很好的工作，但房价与养育成本是难以估算的，他们的家里其实很难再容得下一个老人；二来，一旦跟子女生活，就要牺牲自己的自由，帮他们洗衣、做饭、照看小孩，而谢冰觉得现在的自己身体还不错，还不至于窝在家里；第三，几年的当兵经历锻炼了他的独立与忧患意识。他更倾向用自己攒的钱防老、防病，他认为攒够钱之后回老家跟妻子两个人生活，内心会更有底气。尽管数十年的生活经历将谢冰磨成一个沉稳平和的老人，但提起家庭他还是欲言又止，让人难以捉摸他对家庭的想法。

谢冰最大的消遣就是玩手机。每天收完早上的一批垃圾后，谢冰拥有短暂的自由时间。中午去饭堂简单吃饭后，他喜欢躺在楼梯间，冬天的时候往地上铺上几层报纸，夏天到了可能捡回一张沙滩椅，用手机听歌、看新闻、聊微信。当他打开家庭微信群时，他的角色便从收垃圾工人摇身一变成了爷爷，他密切关注着儿女发来的消息、孙子孙女的学习成绩、老伴的身体健康。他对家若有若无的思念，都寄托在一部大屏手机里。谢冰将手机的字体调到最大，音量也调到最大，不工作的时候是一个彻头彻尾的“低头族”。

尽管家人不在身边，谢冰不愿意承认自己是孤独的。他有很多工友，他们晚上下班后经常聚在一起打牌、聊天。有时谢冰会自己一个人去公园散步，看别人打球，看别人跳广场舞，还有看别人表演。到学校附近的商场吃一顿几十元的饭是他对自己最大的犒劳。他享受着老年的自由，好奇地观看着这个世界，却又从来不参与。他实现了老年人的财务支配自由，却又省吃俭用，为了以后能够回到家乡与老伴享受。

问起以后的计划，谢冰说打算今年年底回老家。“过年的时候回去都不认得最小的那个孙女，太久没见了。年底她可能长得更高了。”老人又想起了家里的孙子孙女。

时间的长河在谢冰身上流淌了七十年，谢冰紧跟时代潮流，却每次都因为时间点的错误选择而与机会失之交臂。纵然如此，他还是用了好几个身份，做出了自己对时代最好的诠释。他在国家需要军人的时候入伍，在分田到户的年份务农，在打工潮的时代南下，在最应该颐养天年的时候仍然没有放弃自己的劳动价值。当我们思考这一生该如何度过时，谢冰的一生或许可以给我们答案。大部分人其实都无法享有传统意义上的成功人生，而在兼容并包的时代背景下，每个人都能够诠释自己的成功人生。谢冰用“随遇而安”这四个字总结自己的人生，而这也是贯穿他一生的生活态度。

夏日垃圾发酵速度快，按照要求，谢冰每天要加收一次垃圾，他的时间被切割得更碎。下午四点，宿舍楼空无几人，谢冰收完一天中的第三趟垃圾，双手抱头躺在九楼的楼梯上，享受着几乎只属于他一个人的长廊。

（文中人名均为化名）

（文 / 谭海燕）

城市街角卖报的十年生涯

炼

北风紧，白日曛。踏入腊月的天，又一股冷空气席卷了广州这个城市，仿佛要在这一年的最后一个月里，使尽冬日蓄了很久的严寒。

作为一个不习惯寒冷的南方人，我扣着帽子，捂着厚厚的棉衣，跟今天的采访对象——经营报刊亭的陈叔，有一句没一句地聊着天。

陈叔是潮汕人，四十岁不到，头发有点稀疏，他来到广州天河这个地方卖报已经有十余年了，在这个三面都挤满了书报的路边小亭子里，每天都要应对一波又一波来买报纸杂志的过路人。

报刊亭里的报纸一般每份只卖一两块钱，每每遇上找赎零钱，陈叔都会显得有些手忙脚乱；低头向亭子里面望去，总会瞧见几张陈叔急着为顾客找赎零钱时掉下的纸币。提醒他的时候，他便撑着报亭的桌子，慢慢地弯下腰，略显吃力地捡起地面那掉了的零钱，“老妈生我的时候难产，所以我就落下了这病”，陈叔一字一句地认真说着。

然而，平时的陈叔，喜欢站着，有时站在报亭里，有时在报亭外，一站就是一两个小时，也不嫌累，他说：“不能多坐，要锻炼一下自己，医生也不让我多坐……”

“报纸杂志都卖不动了”

谈到现在报刊亭愈渐惨淡的生意，陈叔这样说道，“现在的报纸和杂志基本上（卖出去的数量）比十年前要砍掉三分之二以上”。报纸销量的下降大概是从四五年前开始的，也就是 2012 年左右，5 寸以上大屏的智能手机的出现，让舒适便捷地在线读新闻成为可能，报纸的竞争力就下降了很多。

每天早上，送报的人便会为陈叔的报亭送来二十份报纸，一天下来，卖得最好的报纸大概每天能卖出去十到二十份；其中有几种报纸前些年提了价，基本上没有人买了，几乎是送多少来就退多少份回去，说到这里的时候，陈叔摆了摆手，呢喃道：“本来就已经很少人看了，现在又提价，就更少人买了……”

在陈叔的报刊亭待上个一天，就能发现，来卖报的基本上都是老人，他们大多数拿着大袋小袋的菜蔬，经过报亭就从钱包里掏出几张零钱，买份报纸回家看。看着这些老人早已头发花白，有的还戴上了厚厚的老花镜，我突然很好奇，年迈的老人们，怎么还会有精力去阅读这些印刷着密密麻麻的文字的报纸。陈叔回答我说：“老人们看报纸很多都是因为习惯，习惯了看报纸，他们不玩手机，看着报纸往往就睡着啦。”

跟陈叔聊天期间，有个阿姨经过报亭，探头问是否有新快报，陈叔甩了甩手，向外面吆喝：“新快报没有了，整条街都不送了。”说着，陈叔轻轻倚在桌子旁，“现在的报纸都没意思啦，卖报的都想转行，我算是坚守本行的了，你看前面的那几个报刊亭，书都没几本了，都快成杂货铺啦！”他又笑嘻嘻地指了指身旁摆着的几瓶矿泉水，眯着眼睛说道：“这些都算是超范围经营啦。”如今，在越来越少人买报刊阅读的窘境下，报刊亭的前路似乎越来越狭窄了，大多数的经营者靠微薄的报刊营利几乎都难以维持他们的生计，大部分的报刊亭开始堆起了其他的小商品。“所以经常闹笑话，有人会跑过来问‘你这里有没有小刀啊？’‘有没有小锁呀？’我说差不多啦，差不多要转行去卖这个啦！”陈叔笑着这样说。

我问陈叔，如果报刊亭经营不下去了，他该怎么办？对这个问题，陈叔似乎也挺迷茫：“之前想找别的工作，都找不到，虽然能做，但是别人都不给这个机会，毕竟我这样的（行动不便的情况）是个麻烦……”

“为了争个摊位可以打起来”

在广州天河的这条街上，陈叔在这里卖了十余年的报纸，目睹了这条街上卖报这个行业由盛转衰的过程。

陈叔十几年都没有离开过这里，对于这天河这片街道的情况，简直是了如指掌。当陈叔谈起这些时，我还能从他脸上看到丝丝自豪。陈叔不是本地人，十年的卖报经历却让他十分了解这里；人来人往，总是有一两个摸不清方向的路人，要来向陈叔请教，陈叔总是仔细地向路人指示要朝哪个方向，过几个路口，过几个天桥，清楚准确。按照陈叔的话来说，这么多年来，他早已习惯了路人经过报亭时来问路的情况，因而陈叔答着答着，便摸清了门道。

2006 年前后，是卖报行业最为火热的时候。据陈叔回忆，当时他每天每种报纸能卖一到两百份，有时候报纸摆出来，一两个小时就能卖完。那时候卖别的东西的报亭很少，杂志也卖得很少，报刊经营者把大部分精力都放在卖报纸上。

说到十年前的报纸行业的火热，陈叔沿着街道向远方指了指："那边有个经营报刊亭的老伯，当初是摆地摊卖报的，卖得火热呀，后来别人在他的地摊边上开了个报亭，这不是抢生意嘛，那个老伯就把人家报亭给砸了，"陈叔说得眉飞色舞："这不是摆地摊的，反而把人家报刊亭的给砸了嘛！"

大概十一二年前，陈叔开始想在这个地方卖报，他去申请经营个报刊亭，但是因为没有本市的户口，几次申请都不被批准。陈叔只能像其他很多外来商贩一样——摆地摊来卖报。

在十年前那个在流动商贩聚集的广州，商贩与城管之间的冲突时有发生，当初很多附近的报摊也一度几次跟城管产生冲突，也被没收过东西，通过当时社会各方好心人的帮助，陈叔终于拥有了自己的报刊亭，也终于告别曾经那些整日提心吊胆卖报的日子了。

"我都不知道今天是星期几？"

每天 7 点，陈叔的报刊亭开始营业，晚上 7 点报刊亭关门。对于陈叔来说，他的生活基本上就是两点一线的，一年到头，陈叔就盼着春节能休息个七八天。

这些年来，陈叔的报刊亭在天桥下摆过五六年，接着又因为市里要开展整治市容的工作被安置到侧面的小街，搬了三四个地方，前年在地铁口附近安顿了下来，日子平平淡淡地过着。有时，有的街坊经过，说要留下一些钱让陈叔帮忙取快件，陈叔总是欣然接受；偶尔也有相熟的朋友路过，陈叔便与他们闲聊几句家常。

采访当天，有个与陈叔相熟的快递小哥走过来借纸和笔，闲谈中，小哥问陈叔今天是不是腊月初一，陈叔一时答不上来，稍稍难为情地笑道："别说初一，我都不知道今天星期几了。"卖报的人居然不知道星期几，我对此感到十分诧异，陈叔回答我说："报纸上是印刷着日期，但我平时压根很少看这些报纸杂志，看多了、翻旧了就没人买啦。"然而，在聊天的时候，我也发现偶尔会有人过来翻看报亭的报纸，面对我的追问，陈叔会心一笑，解释道："那要看是谁了，老人偶尔过来翻看报纸，我没意见，毕竟他们也是老人家嘛，没什么收入，要看看报纸，我是理解的。"

陈叔的午饭，总是要拖到中午两点，原因是得让父亲先吃，然后父亲再从家里过来替换陈叔，他才回家吃饭。说起午饭是老妈在家准备好的，陈叔的脸上不自觉地露出灿烂的笑容。

"我经常不务正业"

谈到爱好，他更喜欢电脑和手机这些电子产品。

高中毕业，陈叔曾经自学编程，当时找不到老师，他就自己拿着书学，谈到自己曾经独立完成的“库管程序”，陈叔十分骄傲：“为了完成这个程序，我三天没睡觉。”陈叔又说，他平时经常帮别人“刷手机”，当别人的手机出问题了，他便帮着重装系统，修理修理，陈叔骄傲又略带羞涩的这样评价自己：“我经常不务正业。”

但是，遗憾的是，当初由于陈叔的身体原因，做网页这份工作并没能如愿地继续下去，陈叔遗憾地说，“现在我也编不了网页了，因为科学技术的发展啊，是一日千里……”在陈叔的眼中，曾经的梦想已经不再了，电子技术在飞速地发展着，而自己，早已追不上技术发展的潮流。

“很多东西我都放弃了，没办法。”谈到这里，陈叔显得有点惋惜，“我当初也没高考，没办法考”。因为手不灵便，陈叔的写字速度根本跟不上，有限的答题时间成为陈叔高考梦最大的障碍，“因为写字速度慢，我做题跟别人不一样，别人都找简单的先做，而我不是，我都是找分高的先做，哪个分高做哪个。可是还是没办法考，平时在学校考试这样可以理解，但是高考别人却理解不了，大家只能凭分数过关嘛……”陈叔皱了皱眉，仿佛还在为十几年前自己没办法参加的那场高考感到遗憾。

采访期间，有一个过路的年轻人拿了一张百元大钞要买瓶水，说是想到报刊亭换点零钱用来坐车，年轻人站在报刊亭前，一边望着陈叔一边挠着头嘿嘿地笑着，“天，你用支付宝吧，我也缺零钱，你要多少，我直接给你提现，”陈叔从桌底下拿出一张塑封了的印刷着两个二维码的纸片，给年轻人提现了几块钱零钱，又接着兴奋地说着，“还好现在有支付宝、微信（支付）这些东西！”陈叔摇晃着手中印刷着二维码的纸片，说：“我是最早使用支付宝、微信支付工具的，这一带报亭就数我最早啦！”

（文/霍嘉敏）

十年终成深圳人

2017 年，是舅舅在深圳生活的第 36 个年头，也是舅舅成为深圳人的第 26 个年头。对于舅舅来说，或许潮汕人与深圳人，农村人与城市人之间的距离就是十年。

南来白手少年行

1981 年，在改革开放春风的吹拂下以及经济特区的建设浪潮的推动下，一个来自潮汕地区小山村的 20 岁少年，背上了他仅有的几件衣服以及那零零散散的八十块钱踏上了南下深圳的旅途。

对于潮汕人来说，“家”是一个特别重要的概念，一般情况下，人们大多安土重迁，不愿四处奔波。然而，对舅舅来说，36 年前的那场旅程，并不是一场离经叛道的旅程，那是一场势在必得、能改变命运的旅程。

对于那场旅程，舅舅是这样认为的：“我十几岁的时候就开始帮家里干活，最常做的是到山上放牛，偶尔也会在村里人的介绍下到码头卸货。那时候要是在码头遇到从香港或者澳门过来的商人，我就过去帮他们提行李，因为他们会给小费。我印象特别深刻的是，他们的行李特别香，不是那种香水的香味，而是那种新的布料散发出来的香味，特别好闻。那时候我看着他们气派的身影，特别羡慕，原来香港那边的生活是这么好，简直就是天堂啊。我想，可能就是从那时起，我便有了想要往外走的念头。”

20 岁的一个夏天，舅舅终于背上他的行李，来到了离他心中的天堂最近的地方——深圳。到达深圳宝安的那天晚上，舅舅在一个老乡的带领下，住进了一间两人间的房子。这个两人间的房子一共住了八个人，舅舅和老乡还有另外三对夫妇，每个房间都有两张床，分上下铺，床与床之间隔了一层薄薄的帘子。“我没有想到，原来深圳这边也有这么穷的人。那天晚上我睡不着，有点害怕，但是也很兴奋，感觉像是在做梦，有点不敢相信自己真的是在深圳。”

从“工人强”到“猪肉强”

在兴奋和恐惧的双重刺激下，在深圳的第一个夜晚，舅舅辗转难眠。第二天早上，他用外婆帮他缝在底裤上的几十块钱请老乡吃了一顿饭之后就在老乡的带领下来到了工地，开始成为一名建筑工人。

每天早上天没亮就起床，到工地搬原料、搅拌混凝土，几乎所有粗重的活儿都要干。“那时候特别辛苦，每天都要背很重的货物，有时那些货物比我自己还要重。”在工地干活的工资其实并不高，除了租金和寄回家的生活费，舅舅手头上可以自己支配的钱并不多，“虽然一天干了十几个小时只有几块钱，但是比老家好多了，在老家那时一个月拼死干活也就 50 块钱。虽然辛苦，但是很开心，因为值啊。”

舅舅摸着左手食指一个弯曲的关节说：“这个是当时在搬铁板的时候不小心压到的，去医院的时候医生说是骨折，可是那时候管什么骨折，包扎完伤口不那么疼了又继续干活，所以现在我这个手指没有办法伸直。”

1985 年是舅舅在工地干活的第 4 个年头，这时的他已不再是以前那个一脸青涩的小伙子，也不再是那个唯老乡的话是从的乡下小伙子。在六年的时间里，他开始熟悉城市的交通，也开始有了自己的交际圈，拥有了一群会喊他“阿强”的工人好友。而也就是在这一年，舅舅遇上了他生命中第二个重要的女人，他的妻子——阿辉。那时候阿辉是一个工厂的女工，跟舅舅一样也是来自潮汕地区，经人介绍之后，两人也开始以老乡的身份相处。

“那时候 24 岁了，也到了成家的年龄，城市的女孩子吧，不敢想，怕是瞧不起我们，就想找个安安分分的，过安稳的日子。”1986 年 10 月，舅舅在老家举行了婚礼，婚礼完成后，两人又继续回到深圳打工。虽然结了婚，但是舅舅夫妻俩的生活模式并没有变化，因为没有房子，所以舅舅依然住在那个狭小的两人间，而舅妈也依然住在工厂提供的宿舍，两人见面的时间大多在周末和节假日。1987 年 1 月，在过了两个月聚少离多的新婚生活之后，舅舅夫妇二人终于决定租一间房子。生活依旧继续，然而两个人生活不同于一个人生活，加上每月都要交房租，夫妇二人的生活时常捉襟见肘。

“那时候是真的难，不是没想过干点别的，但是自己肚子里也没半点墨水，更谈不上什么技能，所以一直都没能离开工地。”

“后来，偶然听说有个老乡卖猪肉卖得特别好，我就想着，我在老家也卖过猪肉，我老婆口齿也伶俐，况且卖猪肉也不需要什么文化，何不来个夫妻档？”于是，在 1987 年的夏天，隔岸村的菜市场里多了两个繁忙的身影，“工人强”成功转行了，成了“猪肉强”。

“我必须买房子”

在工地旧友的帮衬和夫妻二人的努力下，猪肉摊也开始慢慢盈利，夫妇二人虽然每日繁忙，但生活也逐渐步入了正轨，也有了自己的积蓄。“一开始主要是工友帮衬，到后来，在菜市场的时间长了，认识的人也就渐渐多了起来，阿辉嘴巴甜，能引来不少顾客，我偶尔把猪肝、猪油这些比较便宜的部位送给街坊邻里，也能招来不少顾客。久而久之，固定的顾客也就多了起来，生意自然就红火了。说来也是运气好啊，碰上了好时机。”随着猪肉摊生意的红火，两人的积蓄也越来越多，但是此时两人都没有买房子的打算。“那时候虽然有一些积蓄，但是还不敢想买房子的事，感觉一间房子会花掉所有的积蓄，况且当时手头的钱也不够。毕竟自己在深圳生活了这么多年，也有固定工作，对深圳各方面也熟悉，也算个深圳人，买不买房也就不那么重要了。”

然而，就在 1989 年夏天，夫妇二人的想法发生了彻底的变化，两人开始过上白天卖猪肉，晚上打零工的日子，一心想要在深圳买房子。

1989 年 7 月，在潮州的某间产房，随着孩子的哭声响起，舅舅的第一个孩子出生了。“那时我们是在老家那边生的孩子，因为要办出生证明，而且在老家那边生孩子便宜也方便照顾。”孩子出生后，随着各种证件陆陆续续的办下来，夫妇俩才意识到，他们没有深圳户籍。“那天去公安局上户口的时候，我才意识到，我必须要买房子，让孩子们成为真正的深圳人。”

于是，舅舅夫妇两个人拿出了将近十年来的积蓄，终于在 1991 年，用十万块钱在宝安区隔岸村买下了一套三居室的房子。而舅舅一家也成为了深圳人。

十年，舅舅从一个潮汕人变成一个深圳人，从一个农村小伙成为一个城市老人。由农村向城市发展的故事每天都在发生，只是，深圳对于这些人来说，已经太昂贵了。

（文 / 丁海燕）

“36 床呼叫”

如果你曾有过这样的经历，于深夜时分行走于医院灯光微弱的长长回廊里，那么或许你在一刹那会有这样的感受，那一刻在那个地方停留在你耳边的寂静声响，是你在其他任何地方都无法获得同样体会的。还有鼻腔中充斥的，并没有想象中那么刺鼻的消毒水的气味。

“36 床呼叫。36 床呼叫。”

安静的护士站内忽然传来一声声尖锐的报鸣，在这样夜深人静的地方显得格外突兀。坐在电脑前正整理着患者住院资料的刘晓霞慢条斯理地站起身来，似乎并不着急要赶去病人的床前查看情况。

“36 床呼叫！ 36 床呼叫！”

医护呼叫器的机械音好像变得更加急促了。

“手忙脚乱的反而容易出现差错。”仔细核对了一遍点滴瓶上贴好的病床序号和病人姓名的标签，刘晓霞不慌不忙地朝着 36 床所在的病房走去。"那些实习生刚来的时候，呼叫器一响就恨不得马上冲到人家面前，结果总是会出纰漏。"重新回到护士站，将带回的医疗垃圾收拾妥当的刘晓霞接着说："就像我们当年刚接触它时一样。"

刘晓霞是 1995 年参加工作的，那时医院还未使用这种电子呼叫器。她回忆说，那时是靠在医院内科当科主任的婆婆走关系，才把只有中专文凭的她弄进了这座小城市的市医院里，分配到感染科室，这一待就是二十多年。

二十多年来，对于护士这个职业，刘晓霞笑着承认自己是常有埋怨。

在别人眼里是白衣天使，人们还说做这个职业的人一定是充满爱心的。自己做过才知道，又苦又累不说，工资也只有那么一点儿。

抬头看了一眼电子钟，已近十二点钟。

"还要上夜班。年轻的时候还好，如今年纪大了，越来越上不动了。"

非典

感染科室是一个很特殊的科室。它被建在这所医院最里边的一个角落里，单独有一栋三层的小楼，以前还有心理科在旁边，后来成立专门的精神病院，这个科室在主住院楼越建越高的衬托下，显得越发孤独。

但就是这样一个偏居一隅的小科室，总是在承载它所独有的特殊而又沉重的使命。

2002年的时候刘晓霞参加工作还没有多少年头，甚至在科室里老前辈的眼中还算半个新人。工作中偶尔也会出错，碰上难以解决的临床问题时还会焦头烂额、手足无措，那时的刘晓霞对感染科室的认识也很模糊，每天打针发药照顾病人，医院里有那么多科室，而护士要做的事情无外乎这几种。

就在这个时候，非典爆发了。

“没有像你们看的那些报道，没有那么严重和紧张。”刘晓霞轻松地讲述着这段已有些记不太清楚的往事。“我们只是个小城市，所以不像‘北上广’这类一线城市，一感染起来是不得了的事情。我们市是没有非典病例的，隔壁市倒出现了一个。所以那个时候想出趟远门可不是什么容易的事情，查得可严了。”

情势最严重的时候，草木皆兵。医院专门隔离出来一块地方，就在刘晓霞所在的感染科室的旁边，凡是出现了非典症状的病人，观察确诊后才被允许从隔离区出来。而这个隔离区的工作重任，自然也就落到了刘晓霞和她的同事们身上。

“那一次是有点被这个阵势给吓到了。病人去做检查的时候，有时我觉得我比病人还要紧张。工作上的事情还不敢对父母说，怕他们不懂瞎操心。”

“但现在想想又好像在自己吓唬自己，那个时候除了工作量大了点，大家做起事来比平时认真了许多，上下班时程序烦琐了些，与平常其实也没有多大区别。”说到这里时，刘晓霞忽然笑了。“我们这样的小地方，我们这些小老百姓，哪里有那么多感人的故事好说。那个时候说起非典来大家都很害怕，但是一旦把刚进隔离区的心理障碍给跨过去了，就知道把自己手头的事情做好，足够了。我们也不想接触隔离病人，谁愿意做这种事？不过是工作所需，没办法，硬着头皮做而已。有时候做着做着也觉得，好像也还不赖。”

甲流

七年后，全国爆发了甲型 H1N1 流感，谈起甲流时的经历，刘晓霞说，与非典时期相比，最直观的感受是医疗科技发达了许多，从病房、病床到医疗器械和隔离手段，以及年轻医生们的知识储备，都比七年前改善太多了。

那个时候的刘晓霞也成了晚辈们口中的老师，开始带起了实习生，不再懵懂地连自己所在科室的与众不同之处都无从体会。

“当时也建了隔离区，需要护士，科室里采取自愿原则，我便去了。没有多想，只是觉得连非典我都经历过了，还有什么好怕的。更何况和那些新来的小姑娘比，我更有经验。”

甲流的隔离区检查制度相比非典时期更加严格，医护人员往往一进去就是一整天，工作任务也更加繁重。刘晓霞回忆起当时在隔离区内，她就站在抢救室里，目睹刚被确诊感染病毒的几位病人痛苦地离开了人世。

生与死，一直以来都是医院不变的主题。那时的刘晓霞已做了十几年的护士，当她结束一天的工作，站在洗手池旁拿清水冲洗掉手上的泡沫时，也好似在把那些冗余的，与生活的主旋律并不相关的喜怒也一并冲入到晦涩的下水道中。

这就是工作。当她换回自己的便服回到家中，扮演母亲的角色时，幼小的孩子并不知道她的母亲刚刚正被一群致命的病毒包围着，帮助一个素昧平生之人与时间进行最后的赛跑。

坚守

“就是一份职业而已，工作嘛，不就是用来养家糊口的。”当说到护士二字于她有何特殊的意义时，刘晓霞腼腆地笑了笑。“以前从来没想过这个问题，但是现在要让我好好想想，又觉得确实在工作之外还是有那么一点点不同的感觉。”

支吾半天，也不能将这感受说出个所以然来，刘晓霞只好继续报之一笑。

那些一时无法用精准的语言形容出来的感受，或许存在于深夜十二点半往返家庭与单位之间那段不长不短的路程中；或许存在于熬完每一个小夜班和大夜班后脱下白大褂的瞬间；或许存在于推着病床跑入急救室的脚步声里；或许存在于将一个针头稳稳插入血管的刹那；又或许存在于病体痊愈的患者出院前的一句谢声。

深夜时分的医院愈发安静，刘晓霞又重新坐回了电脑前，忙于整理患者的住院信息。悬在护士站上空的那个电子钟不紧不慢地跳动着记录时间的轨迹。医护呼叫器息声栖于站内一角。

没有人知道，下个按响它的人会是谁。

（文 / 程锦敏）

Chapter Ⅲ
绽

漂洋过海的留学生涯和桑梓情怀

受访人简介：

李火生，男，1958 年出生于广西梧州，1978 年考入广西农学院本科，1982 年考入原西南农业大学硕士研究生，毕业后留校任教。1986 年调至广西大学，从事生物化学教学与科研工作。1997 年赴日本留学，在日本国立金泽大学攻读生命科学专业博士，2001 年获得理学博士学位，同年回国，在暨南大学生物工程系任教，直至去年 2018 年退休。

实验室里，三节生化实验课结束，穿着一身白色实验服的李火生走下讲台，一边指导着学生清洗设备，一边叮嘱道："记得把器材放回原来的位置，然后打扫干净就可以回去啦。"

说完，他转身踱步，走回离他不远的办公室。脱下一身“白大褂”，挂好，他又开始在办公桌前忙活着自己的事。已经退休又被返聘的他，承担的课程教学任务不是很多，所以除了上课，他大多数时间都是在办公室里度过。

望着窗外被夕阳的余晖笼罩的葱郁绿树，他想起了今天早上跟学生上课时讲到冈崎片段的场景，思绪又被发现这个新生DNA片段的日本生物学家牵引着回到了在20世纪末曾待过四年的日本，金泽的海边也曾在这样的夕阳的映照下波光粼粼。

加入留学潮

在一百多年的中国近现代史中，涌现了三次颇具影响的留学浪潮。

“留学事业历来与国家和民族的命运紧密相连。”习近平总书记在2014年12月召开的全国留学工作会议中，对留学人员提出希望：要“放眼观察世界，坚定理想，刻苦学习，掌握新知，增强本领，更好为祖国和人民贡献自己的智慧和力量”。

从当下时局的眼光看待，纵观这三次留学热潮，规模空前、影响巨大，远非前两次留学潮所能比的第三次留学浪潮，不仅标志着中国留学史进入了全新时代，而且更具有划时代意义。1978年的改革开放，则拉开了第三次留学潮的序幕。

1978年6月23日，邓小平在听取教育部关于清华大学的工作汇报时，在对派遣留学生的问题上指出：“我赞成留学生的数量增大……要成千成万地派，不是只派十个八个。”邓小平的指示吹响了我国青年学生走向世界的号角，从首批访问学者启程赴欧美、日本等国，到中国留学生纷纷踏上前往发达国家的求学征程，中国迎来了历史上从未有过的留学大潮。

这个始于20世纪70年代末、80年代初的第三次留学大潮，其三十多年的发展历程又被划分为三个阶段。在第一阶段的留学人群中，以公派的访问学者为主，自费留学生则因为一些限制制度而非常少见。第二阶段是20世纪80年代中后期至90年代初。这时期涌现了大量以攻读硕士、博士学位为目的的自费留学生。第三阶段以2000年前后为时间节点，这其中增加了不少本科生的身影，留学生群体也正在成为中国新一代青年中越来越受舆论关注的人群。

李火生属于第二波留学人群。在广西任教十余年后，他毅然决定去日本留学，攻读博士。

“当时学校组织了一次去日本的访学活动，我们以访问学者的身份在那边待了大概半年。但是，半年到期，就必须得回来了。回来后，我觉得那边的科研方面都很前沿，想去学习，于是就联系了当时在那边认识的一位导师，没过多久，就自费去日本留学了。”李火生回忆道。

当时已经是广西大学的副教授的他，出于提升学历的目的，毅然决定在三十九岁的“高龄”出国深造。

“当时留学潮已经持续有段时间了，像我一样已经有了硕士学位，因为还想获得一个博士学位而选择出国的人有很多，这也是当时的一个形势吧，就是要有学历，有高学历。一些人已经是教授或研究员了，都还专门去读了一个博士学位回来。”谈及 1997 年去日本读博士的原因，李火生笑着挥挥手说自己不过是那个时候众多“留学生”之一而已，也是当时形势推动下做出的选择，有机会自然还是要把握住的。

他起身从书柜里拿出了他的博士论文，“当时在那边的专攻方向是生命科学，然后论文研究的是血红蛋白的结构与功能的关系。这在当时算是比较前沿的了，虽然在现在看来都已经算很简单了。”一册论文被他保存得纤尘不染，崭新如初。翻阅了几页作为一次小小的展示后，他又小心翼翼地如护珍宝般把它收回到柜子里。

1997 年 7 月，他就启程前往那位导师所在的日本国立金泽大学——一座位于日本海地区的重点大学。

惆怅与失落

一般来说，留学生的学习生活要过三关，即生活关、语言关、学习关。相比其他出国较早的年轻人，已在国内生活了几十年，“一把年纪”才来到一个陌生国度的李火生，要跨过这三关，似乎不是一件易事，这也是他四年后决定归国的一个客观因素。

初到日本，在当地一个中国留学生联谊会的帮助下，他很快就找到了落脚点，解决了“住”的问题。

“过去那边的中国留学生挺多的，形成了一个中国圈，大家都很团结，互帮互助。知道你从国内来，他们会帮你先找好房子。你可以选择他们帮你找的，当然觉得不满意，也可以自己找。”

“帮你找好的房子是这样的：他们包下了离学校不远的一栋楼，每个人会有一个单间，除了浴室是公用的，每个单间配备都很齐全，所以就像一个集体宿舍吧。”

从宿舍到学校，他多数时候选择骑单车的方式，大概十来分钟的路程，但冬季遇到大雪天，就只能坐公交车。

“你知道那边冬天的积雪最厚能厚到什么程度吗？我穿的高筒靴才到膝盖，那雪就已经快到了我的大腿根了！”他一边说着，一边从椅子上站起来，用手比划道。

解决完“住”的问题后。随之而来摆在他面前的另一道难题，是饮食。

“日本的料理刚开始吃觉得还是挺好吃的，但我还是适应不了，所以我就跟我的导师说，我吃不惯，然后每天中午就从学校赶回去宿舍，因为时间也比较紧张嘛，所以就只能下面吃。”他回忆道。

至于语言关和学习关，对他来说，倒不算特别大的挑战。

由于读博期间多数时候是在实验室做实验、写论文，平时跟导师之间多用英语交流。李火生掌握的日语仅够满足日常生活交流的需要，但算不上特别精通。

“当时我就在学校里旁听日语课，断断续续地学了一个学期，掌握了一些够平时生活中与人打交道的日语，”回忆起当时所学的日语，他还是能说上两句，不过因为回国后也没怎么用了，现在大多都忘记了。

对他而言，一开始语言可能只是一种交流工具，但随着留学经历的增加，他渐渐意识到这一工具也成了他惆怅与失落的来源。

初始的留学生涯，由于远离亲人和祖国，无助感与惆怅感经常萦绕着他。不仅仅是由于对陌生环境的不适应，更多的是一种在比较异国他乡的所见所闻与国内情况的过程产生的落差感所致。

那年，坐在日本新干线平稳而又舒适的列车上，列车的速度令他惊奇，想起国内拥挤缓慢、许久才能等到一趟的火车，一种无名的震感回荡于他的内心；那时，走进课堂，看到许多同学自带笔记本电脑，他的表情暴露出内心无比的新鲜惊奇之感；走进实验室，触摸到高级先进的设备，深刻的印象令他至今不忘。

“日本的工厂当时都已经是用机器流水线作业，生产效率非常高。你知道能高到什么程度吗？我当时去参观了一个建筑公司，员工老板加起来才六个人，建造一栋六层高的楼，一个多月就搞定了啊！”他惊叹于日本的发达程度，认为当时中日的发展差距了至少三十年，而且中国望尘莫及的不仅是人均 GDP，还包括国民素质、文明程度等方面。

“教学楼的走廊里，随处可见那种复印机。只要有需要，人人都可以去使用。还有他们图书馆的 IC 门禁系统，在那时都已经相当成熟了，像暨大的图书馆这样的刷卡进出管理方式当时在国内也才刚刚起步，往前几年还只处于人工查证的阶段呢。”谈及在日本金泽大学的所见所闻，李火生既有对他国公共设施便利与完善的由衷赞叹，也想起了当时自己身处国外见识到这种差距后油然而生的一种惆怅感。

在日本留学的时候，除了外出打工，或是在实验室与导师交流，李火生几乎没怎么和日本人打过交道，而中国留学生联谊会就是他主要的社交圈。

“日本人给人的感觉就是很有礼貌，很守规矩，也很注意自己的形象。”他反复强调道。

但这种人与人之间相互尊重，互不干扰的行为方式在李火生看来，却是一种距离感的表现，而且在后来或多或少地感受到了他们对中国人的排斥与“歧视”。

“他们会很有礼貌地跟你打招呼，但是不会与你深交。而且有些人觉得你们这些外国留学生都是来自不如他们日本的国家，就会瞧不起你。”虽然日本国民的素质令人赞赏，但在留学期间他也时常被这种被排斥的无助感包围。

“跟你讲一次真实经历吧。我当时打电话去咨询一些事，用我那蹩脚的日语说的，然后那人就很敷衍，没说多少就挂了电话，虽然也是很礼貌地挂的。后来我再打过去，就试着用英语跟他们交流，那感觉一下子就变了。”

因文化自信而自豪

在异国他乡感到惆怅与失落时，祖国悠久的历史文化和璀璨的文明给他带来了丝丝慰藉，原来对远在日本海那头的祖国的爱也因为骄傲变得更加深厚。

那一场在当地中学课堂上“讲解”苏轼的《水调歌头·明月几时有》的场景，对李火生来说仍历历在目。

“当时一个朋友找到我，说当地一个中学搞了一个文化交流周的活动，请他去给他们的学生介绍中国传统文化。但他诗词不行，所以就找到我，请我帮他备课，严格来说，不是我去讲啦，我只是给他提意见。”他哈哈大笑起来。

说起这段经历，虽然只是担任了一次“幕后军师”，但李火生说起当时的场景，就仿佛那个站在讲台上骄傲地介绍苏轼这首词的人是他自己一样。

虽然出身理工科，但是由于一直对自己祖国五千年历史积淀下来的传统文化爱得深沉，从中国历史，到传统诗词文化，从饮食文化到茶文化，他都能与人侃侃而谈，因此，也在朋友圈中出了名。

“因为汉语古诗词的意思都是高度浓缩的，而且押韵，读起来抑扬顿挫，跟日语很不一样，所以我看他们当时很好奇，还很崇拜。不仅学生会来问，老师也会问。那时候我就觉得非常自信，还用日语帮着补充介绍中国的诗词文化。”他略带浑浊的眼眸瞬间发出亮光，眼角的皱纹也因一脸的骄傲在不知不觉中堆叠了起来。

读博的第三年，在导师的带领下，他和一些同学回到国内参加学术会议。在带领当时同行的外国同学在上海四处观光时，李火生又一次充当了“中国文化传播大使”。

“开会期间，我们就在上海四处逛逛。当时上海博物馆刚建成不久吧，还挺新的，我们就去参观了。里面的书法馆很漂亮，那些外国同学也被吸引了，他们很好奇，就来问我。”

“其实我也不是很懂，只知道点皮毛，但至少比他们懂，所以我就跟他们讲啦，从书法的各种类型到笔锋，再到整个作品的美感啊，就把我了解的都讲给他们了。”坦白这段自己对书法了解不多，但又很自豪地向外国同学讲解的故事时，他不好意思地笑了。

参加完会议从国内返回日本的那个初夏黄昏，与同伴们一起在海边散步漫谈的情景也令他难以忘怀。

由于金泽位于日本海地区，闲暇时，李火生常会去海边散步，或是去参观海边的那座博物馆，里面颇具中国历史痕迹的文物给予他一种仿佛置身于国内的错觉；又抑或是一个人静静地感受日本宜居舒适的街道和居住环境，再面向大海远眺彼岸，一解异乡情愁。

“当时几位同学相约一起去海边走走，因为刚从上海回来，和导师一块参会的我们还处在兴奋之中，自然就聊起了中国、上海、浦东如何发展这些话题。”浦东正在崛起的高楼、上海大都市的繁荣风貌，还有博物馆内富有底蕴的中华文明，让他无比自豪。

从留学初始由于祖国不强大，而感到惆怅与失落，到目睹祖国的蓬勃发展，再到 1999 年，在做实验的空隙，他和同胞们一边收看新中国成立五十周年国庆大阅兵，一边举办聚会为祖国生日歌唱庆祝，他因祖国的复兴产生的自豪感早已一扫之前的阴霾，一股力量感也在心中凝聚。

因为热爱　所以幸福

博士毕业时，早有“猎头公司”主动联系李火生，声称已经帮他在日本找到了一份工作，只要交点介绍费，就能包办好一切手续，让他留在日本。

“我一直都是打定毕业后回国的主意的，所以当时拿到学位，我就马上回国了。”拒绝了猎头公司抛来的“橄榄枝”，他毫不犹豫地选择了回到最适合自己的，也是他爱得深沉的祖国母亲的怀抱。

“没有出国留过学，一般人是体会不到那种在国外对自己国家的爱是有多深的。所以，留学四年，给我最大的感受就是，变得更加爱国了。”深深地烙印在他留学记忆里的，是将他与心之所依的祖国紧密相连的那股坚韧的情感纽带。

城市的高楼林立，经济的繁荣发展，便捷的手机支付，领先世界的中国高铁，近二十年突飞猛进的发展让他深深地感受到了国家的强大昌盛，同时，他也为中国逐渐崛起成为世界上举足轻重的大国而感到自信十足，骄傲十足。

“这二十年的发展离不开以前打下的基础，所以你们这代人是赶上好时代了，就很幸福啦！但是年轻人还是要脚踏实地地干，幸福都是奋斗出来的，努力干，事业发展才好，生活才更幸福。”

虽已到退休年龄，但由于能接手的老师短时间内还没找到，李火生又被返聘到了暨大生科院，担任一些本科生教学工作。

“因为身体不太好，去年就办理了退休手续，准备退休啦，但一时找不到人，所以，我今年还是接了几门课。不过我眼睛也花了，批改作业都有点吃力了，不服老可能不行了。”

办公室的桌子上一边放着一沓尚未批改完的实验报告，上面还搁着一支红笔，另一边则放着一沓试卷，这些东西是下星期进行期末考试时要用到的。

“那天上完课老师可开心了，可能是快要放假了可以出去玩了吧，反正老师是一身轻松，而我们就要准备考试了。”他的一位学生如此描述那天结课的场景。

在他的学生眼里，李火生是一位幽默风趣的“宝藏老师”，在生物课上，讲着讲着会从哲学角度探讨人的生老病死，也会在谈完自己当年的知青岁月和在日本留学的生活后陡然回到课上的知识点，让人猝不及防。

“老师非常爱国，有很深的家国情怀，而且热爱传统文化，尤其是饮食文化，老师的心态还很年轻，人很好，就是普通话不太标准，带点有趣的广府口音。”学生谈起这位“宝藏老师”，赞不绝口之余，也充满了敬佩与喜爱。

尽管已到退休年龄，热爱生活的他言行举止之间充满爽朗之气。在和年轻人“打交道”的这些年中，除了以一位师长的身份传道授业解惑，还向他们“学习”，比如，时髦地追综艺。当然，阅历十分丰富的他，还经常在课堂上传播着他的生命观，讲述他热爱的中国文化，同时也不忘以一位长者的身份对学生们进行充满正能量的谆谆教导。

“我们国家现在在很多方面都已经很先进了，但我们的国民素质还有待提高，另外还有他们的城市文明建设、环境保护、契约精神等，都是值得我们去借鉴学习的。”

二十年弹指一挥间，四年的日本留学生涯却已成为他脑海里独特的一份留学记忆，种种见闻与感受，最后化成了一份桑梓情怀，贯穿于他几十年的人生岁月。

“你是大海，永不干涸。”李火生在最近写下的一篇回忆留学生活的随笔中，如此形容他热爱的祖国。

（文中人名均为化名）　　　　（文／陈晓璇）

回到原点

我们的车到大堡子镇的时候，时间刚好九点钟。

我们要去的地方临近西郊的小寺村。半年前，小寺村被正式划归西宁市郊区土地征收的范围，整个村寨在五年之内要完成拆迁、规划、再建设的过程。政府土地征收拆迁，与城区旧房拆迁涉及同一个问题——拆迁补助。然而对于用地更为自由的郊区农村来说，为了在拆迁中拿到更多的补助款，村民会在自己家宅基地上尽快建起新楼，增加宅基地面积，以拿到更多的土地征收补偿款。

此时正值腊月，西北高原异常寒冷的气候下，小寺村的村民暂时停止了新房建造，整个村子垒起来的砖块、成堆的水泥钢筋随处可见，像一个杂乱的临时建筑工地。小寺村的西北方向有一片不小的土地，这是村子里专门进行外包土豆种植的田地。我们到的时候，一个身形中等，面庞黝黑的男子正拖着一把铁锹从地里走出来，这正是如今这块外包地的承包人刘满民。

刘满民今年刚满四十八岁，头发花白，不说话时会习惯性地垂目，微微皱起的眉头给人一种悲伤的感觉。

当我们说到小寺村村民即将获得的拆迁补偿款时，刘满民在一边猛咂了几口手中的香烟，摇摇头笑道：“还不知道是好是坏咧。”

喜讯

对于刘满民来说，他这十年一波三折的经历都起源于十年前的一场土地征收中。

从国家西部大开发战略实施以来，青海作为被开发的目标之一，2000年后在省内多处进行了大规模的土地征收，进行郊区、农村的规划建设。刘家寨村位于青海省西宁市西郊地区，隶属于城西区彭家寨乡，是西宁市重要的蔬菜种植基地，整个村寨中的土地都以种植各类蔬菜为主。2005年，刘家寨村被正式划归入西宁市郊区改建的范围之内，整个彭家寨乡的土地都成为国家土地征收的一部分。占地补偿款按规定宅基地面积每平方米补助560元，自留地一亩地补助8万元，同时按照户口上的人数，不论年龄，每人可以免费得到占地后新房面积50平方米。这些优厚的条件对于大半辈子都面朝黄土的农民们而言，十分可观。

为了在有限的土地上扩大自己的宅基地面积，2005年开春后过后，整个刘家寨的村民都迫不及待地将一袋袋水泥和一车车砖块运入了自己家的院子中。对于刘家寨的村民来说，这是一场艰巨又紧迫的“盖楼运动”。刘满民也是其中一员，在他的眼里这场“盖楼运动”是一场改变之后三十年生活的战役。

而在妻子韩文凤，只觉得盖新房的刘满民精神头儿好得反常。

自从2004年底刘家寨村大队上传来要“占地”的消息后，刘满民就有些亢奋。年前，刘满民每天干完地里的活，就会拿着一张纸和一支笔站在院子里比比划划，不时还在纸上写着什么。韩文凤看着他煞有介事的样子觉得又好气又好笑，“初中都没上完，能写个啥出来”。

政府规定占地前的一段时间允许村民在宅基地和自留地盖新房，但是在测量前的半年就禁止再搭建建筑，这对于准备在占地前想要加盖楼层扩大住房面积的人来说，是一场争分夺秒的比赛。

刘满民早在春节前就联系好了来家里帮工的人，三月一开春就开始在南屋的两层小楼上加盖第三层。青海的三四月还没有完全进入春天，尤其是早晚，料峭的春风一吹，寒气逼人。每天早上天还没完全亮起来，刘满民翻身从床上爬起来，在门口脸盆的冷水里冲两下脸，就跑去院子里看看剩下的水泥灰，数数墙角的砖头。等到九点多，过来帮工的人来了就开始热火朝天地劳动，直到日头偏西才会停下。刘满民是个肯干活又心急的人，搬砖垒墙和水泥，事事都会参与，傍晚帮工的人走了后，他还会运砖块，规整一下水泥的位置，每次睡觉时腰都直不起来，但是刘满民从没喊过一声累，也没有一天赖床。有一段时间，刘满民腰痛得很厉害，睡觉时总要在腰背下垫一个垫子才能睡着。

“有盼头，就觉得浑身都是劲，每天都觉得时间不够用。”刘满民谈起那时的感觉还会笑笑，每次觉得累，他就会蹲在院子垒起的砖堆上抽两支烟，“抽一支烟比吃一碗饭还来劲”。

困局

到2005年年底时，院子东面和北面相连的三层小楼已经差不多完工了。但11月底贺房的鞭炮终于点燃后，刘满民却没有想象中那么高兴。

在只按照计划盖完了东面和北面的房子，而村中其他人家，不仅有些院子四周都垒起了小楼，甚至盖了三层、四层。看着别人家还在一车车运进来的红砖水泥，一种不甘的情绪堵在胸口。但是，本来就没有多少存款的农民家庭，这一年下来，买盖房用的材料，雇人干活，手头可以支配的钱财已经所剩无几，哪来的钱再盖起西边的房子？

2006年元旦，刘满民吃过晚饭，就去了外面的院子，一直没有进屋。夜深时，韩文凤叫他睡觉，一掀门帘发现刘满民独自坐在正屋前的台阶上，手指尖夹着一支烟，旁边是一地烟头。

“不睡觉啊。”韩文凤没好气地喊他。

刘满民狠狠地吸了两口烟，站了起来，掸掸身上的土，眉头紧蹙着，转头看着韩文凤说：“房子得接着盖，明天我去趟杨家寨。”

刘满民的同宗兄弟刘福成几年前同样也经历了农村土地征收，拿到了一笔可观的补偿款，如今在杨家寨新建的大队小区里有两套80多平方米的住房，可以说是刘氏家族中第一个因为占地补偿款而富裕的人了。

六个月前还在菜地里忙忙碌碌除草施肥的刘满民怎么也没想到，自己竟然正奔走在为盖新房而借钱的路上。“这些都是暂时的，等占了地分了钱就不一样了。”刘满民经常这样鼓励自己，每次说起这句话时，刘满民总是将口中的香烟咂得滋滋有劲。

后来，韩文凤也还记得刘满民从杨家寨村回来时的样子，黝黑的脸上印着两团红晕，他的一双眼睛水盈盈的，眼眶周围也是红色，分不清是激动还是愤怒。

“一问就和我急。”说起那天，刘满民的妻子韩文凤十分无奈。除了身上借来的一万元现金，关于那天的具体情况，直到现在刘满民也只字不提。

2006 年入秋前，刘满民终于在院子西边的地方又盖起一栋两层的小楼，还在朝南边大门上面又垒了一排阁楼。为了省钱和时间，新房除了刷一层薄薄的白灰，没有任何装修。

然而随之而来沉重的经济负担却冲淡了这份新房修建完成的喜悦。刘满民每次向一个人借了钱就会在电话簿联系人后面画一个红对勾。2007 年上半年结束前，这本册子上，已经是密密麻麻的红色笔迹了。

“每天看到本子上红色笔写的数字，‘脑袋就一个变两个大’，不知道能有多少补助金，一边想快点核算，一边又感觉时间不够。”刘满民说。

改变

2007 年 7 月，乡政府禁止刘家寨村民再进行盖房的行为，现有的宅基地和自留地面积就是土地征收时被纳入补助款估算的部分。9月，测绘局工作人员开始每家每户测量宅基地面积。

清晨，刘满民很早起了床，用大扫帚将院里的落叶一片不留地扫进了花圃，然后敞开大门，等待测绘人员。测绘完当晚，刘满民翻出柜子里的一瓶白酒，在院子里新筑不久的水泥台阶上，就着几粒花生米，坐了很长时间。

2008年土地开发工作正式展开，乡政府开始安排刘家寨村民分批搬离。在新房修建完成之前，搬离的村民不得不在外租房，当然这期间政府会按时发放过渡费用，按每人每月300元到400元的标准统一发放。

2008年，刘满民就在城郊三其村租下了两件空房作为过渡房，2009年春节前，第一笔占地补偿款打到了刘满民的账户，足足三十万元。那一年刘家寨村村民的春节，虽然大家失去了宽敞自在的农家小院，住的都是狭小简陋的出租屋，但各家的节日似乎过更加热闹了，许多人家都选择了市区郊区环境较好的茶园、农家乐作为节日团聚会餐的地点。刘满民在年前就订好了一处交通便利的农家乐，包了两桌最好的席面。刘满民说，两年来，终于不怕过年了。

冲突

然而刘满民这两年来难得的轻松与喜悦却并没有持续太久，就被一场意料之外的冲突打断。

2009年的正月十五，按照惯例，刘满民一家和两个姐姐聚在一起吃一顿便饭。与往年轮流在各家吃饭的传统不同，这一年刘满民主动邀请两个姐姐一家在近市区的一家环境不错的饭店一起过节。

然而，当这顿看起来十分融洽的团圆饭吃到一半时，刘满民大姐和二姐的几句话彻底让刘满民夫妻愣在了桌边。

在彭家寨乡进行土地征收之前，政府就明确规定所发放的补助款和补助的住房面积都会以现存乡里的户口本依据，按人头发放，在2008年迁出（入）户口的人不能再算入补助的范围之内。

刘满民的两个姐姐早在十年前出嫁时就将户口迁出。但是，她们觉得即便出嫁的女孩，也依旧有得到一部分土地补偿款的权力。“我们是刘家门里的姑娘，现在的房子和菜地也是老爹老娘留下来的，不应该是你一个人的。”饭桌上，两个姐姐直接地说出了这句话，这突然间的变故，让刘满民有些摸不着头脑又有些气愤。

刘满民愣了片刻后就反应了过来，两个姐姐虽然出嫁后，一直在市区生活，可是两家生活条件很一般，住宅面积都比较小，刘满民明白了两个姐姐的意思，她们是想要分得之后政府补助的住房面积和优惠的购房价格。

“房子一直是我盖的，盖房子的时候也没有借过她们一分钱，为什么房子要给她们。”说起当时的情景，刘满民语气还是很激动。

农村家庭人数多，关系复杂，在那段时间里，村里因为补助款分配的问题原来住在一起的几个兄弟姐妹闹到分家的事情屡见不鲜。只是刘满民没有想到，两个早就嫁出家门的姐姐也盯着这笔钱。

三家人为此吵得不可开交。那天刘满民喝了几杯酒，趁着酒劲，和两个姐夫就扭打起来。混乱的推搡下，刘满民手臂上被划了一道长长的伤痕，脸上也有几处瘀青，两个姐夫身上也有挂彩。那天本该是团圆的一顿饭，最后在一种极度难堪的情形下，不欢而散。

刘满民一直清楚地记得分别前，二姐红着脸指着自己吼着：“以后我们两家就拉到，你死活都和我们没一点关系。”也确实，之后自己几乎陷入牢狱之灾，两个姐姐也没有多问过一句。

“一笔钱的事，三个兄弟姊妹彻底臭了。”韩文凤想起当时吵架时的情景，总要叹一口气。

机遇

和两个姐姐的决裂让刘满民郁闷了许久，之后的几次争吵也让他不胜其烦，后来在多次争吵与协商下，刘满民最终还是分给了两个姐姐每家两万元，但此后刘满民不再和两个姐姐有任何来往。

但很快，这场让刘满民一家糟心的闹剧，就被如期而至的新房所掩盖。

2011 年夏天，每一个刘家寨的村民终于拿到了新建小区房子的钥匙。每个人头 50 平方米的免费住房面积加上超低价格的买房优惠，每家的新房面积都十分可观，家中人口多的，甚至不止一套住房。

除了刘满民夫妻加上两个女儿一家四口的补助住房面积，他还用一部分补助款购买了优惠住房面积。这个夏天，刘满民在不到六年的时间里，从一个背朝黄土地的菜农摇身一变为手握一套 100 平方米和一套 70 多平方米新房的富裕之家家长。

家中土地被征收后，刘满民一直在外面做一些厨师、保安较为清闲，收入普通的零工。在搬入新建的刘家寨村小区之后，刘满民干脆辞去了外面的临工，将其中一套房外租出去，每月大概有近两千元的租金收入。而就在五六年前，包括刘满民在内的六百户村民还在为三毛钱一斤的菜瓜每天在烈日的农田里早出晚归。

不再需要每天起早贪黑地为那一亩地三分地里的事情忙碌，每月稳定的租金收入和分批发放的补助金，开始慢慢改变了原本“日出而作日落而息”的生活方式。

“年龄稍大一点的喜欢去远郊的茶园吃饭、唱歌、跳舞，我也跟着去过几次。反正不种地了，年轻人会出去打工，老一点的就闲着了，就找地方玩。和城里那种退休生活差不多吧。”韩文凤笑着说：“那一段时间感觉每隔几天就要吃一次席，贺新房的、结婚的，还有就是社火队的啊，或者关系好的几个人，看着天气好就要找个环境好的茶园，点几个菜，然后唱歌喝酒到太阳快下山就回家了。”

在韩文凤的记忆里，搬进新的小区之后的生活是前所未有的悠闲，以前她每天早上 6 点就要起来，准备早饭，等两个女儿去上学了，她还要喂猪、喂鸡，农忙时和丈夫一起去地里除草施肥、收菜，除此之外家里的一日三餐、院落房间大大小小的卫生都需要她负责，总是有干不完的活。如今，小区的居民楼房间面积不大，买了洗衣机，她在附近的中学找了一份食堂做饭的工作，除了每周固定的值班时间，一周几乎有三天甚至四天都是空闲的。

对于村中大部分人来说，这份清闲是他们之前从未体会过的，然而在刘满民和他的几个朋友心中却开始躁动。

土地补助金发放之后，村中许多人家都买了私家车。刘满民在2012年春节前也花了四万元购入了一辆可坐六人的大众面包车。从2011年他就和村里几个比较好的朋友一起为附近的饭店、酒店、KTV运货赚些外快，时间相对自由，在外人眼里看起来已经比之前“面朝黄土”的日子已经舒服了不少。但是刘满民却渐渐不满这“打工仔”的现状来。而这年夏天他慢慢发现了另一个商机。

麻将一直都是村子里闲暇时消遣方式，之前家里、地里的农活繁杂，只有过年走亲串巷时才会拿出来玩玩，而那时随着越来越多进入“养老期”和提前进入“养老期人口”的增多，刘家寨许多村民多了一个爱好——打麻将。刚开始在小区的花园石桌上，后来在村大队一间闲置的办公室里，一开始只是七八个熟悉的聚在一起消磨时间，逐渐愈来愈多的村中“闲人”加入，刚开始开玩笑似得以喝酒或者贴纸条作为惩罚，慢慢地开始加大赌注，从一两元到五六元不等。

刘满民看着被坐得满满当当的临时麻将室，心里产生了一个想法。

那年下半年，刘满民清理出了一直出租的那套房子，简单打扫了一下后，购入了七八台自动麻将机，便在这里开起了一间私人麻将室，每人交五块钱的座位费就可以玩四个小时。而因为距离近且新型的麻将桌可以免去许多麻烦，开业一个月后，刘满民就有了四千元的毛利入账。

“种地的时候，一年累死累活的才收一两万元。一间房，几张麻将桌，不到一个月就几千元，突然觉得自己要挣大钱了。分了地款（土地征收补助金）大家都有钱，每天不干活除了玩还剩下什么啊。”刘满民说着，又抽了一口烟，“来钱快，谁不想。光账上那些钱，花的快得很。”

麻将馆运营大半年后，刘满民就慢慢收回了本金。

2013 年刚开春，之前两个和刘满民一起拉货的朋友找上门来，一顿酒后，几个人决定合开一家茶艺馆。如今越来越多附近土地被征收的村民选择麻将作为唱歌、喝酒之外的第三种休闲方式，而茶艺兼具了麻将、饮食多重功能，并且里新建的刘家寨、彭家寨小区很近，客源多，所以几乎没有太多考虑，刘满民就答应了这个提议。

然而刘满民不知道等待他并不只是暴富，而是一场意料之外的麻烦。

陷落

2013 年年底，“鑫鑫茶艺”隆冬开张，借着新春时节，不仅是周围的村民，很多休假的人也会来这里和朋友喝喝茶、打打牌。春节结束前，茶艺馆已经有四五万的进账。

但是渐渐地，韩文凤却感到了一些不对劲的地方。茶艺馆开张后，韩文凤一直帮助店里管理账目、领着几个服务员关照店里的事情。从 2014 年开始，韩文凤就发现，来这里打麻将的人下的赌注越来越大。作为正常消遣的娱乐方式，家中一般以 5 元 10 元的赌注图个热闹，之前在家开麻将馆的时候也多是 10 元 20 元，最多 50 元或者 100 元，就已经算很高的了。但是，自从 2014 年下半年开始，韩文凤发现来这里的客人所下的赌注金额越来越高，从刚开始的二三百元到五六千元，有些甚至到了上万元。而来这里的客人刚开始只是附近相熟的村民，现在还有了许多陌生人，有些还是和刘满民和几个合伙开店的朋友一起来的。

韩文凤问刘满民这些人是从哪里来的，为什么要玩这么大的金额，而刘满民每次都不耐烦地告诉韩文凤只是朋友，就岔开话题。

但慢慢地，韩文凤发现，原来不怎么打牌的丈夫，也开始和那些朋友一起玩，有时在自家的茶艺里，有时也在外边的棋牌室，而且赌注金额都在千位数以上。

“他自己开店就很少玩，而且瘾也不大。但是突然就很痴迷起来，基本玩到后半夜也不回家，钱也多，有时候也有几个我不认识的，也有我们那个村里和附近的几个。”回忆起时，韩文凤还记得当时刘满民深夜回家时的样子。

韩文凤意识到，刘满民和几个朋友在进行小型的赌博。刘满民开始频繁地拿家里的存折，在韩文凤的记忆里，最多的时候，刘满民曾经一个月从户头取走了五万元。账户上好不容易存起来的钱，在 2014 年到 2015 年之间几乎被刘满民取出了一大半。韩文凤在这期间与刘满民有过好几次争吵，甚至韩文凤会将家中的存折藏起来、转移账户的钱，可是最后都以刘满民拿到钱结束。

“反正也没事干，玩玩就玩玩，也不是没钱。其实村子里很多人玩的数额都挺大的，没事就凑在一块儿。玩的时候觉得扔的不是自己的钱，下一把还能再赢回来。”刘满民笑笑说，脸上显得很平静。

2016 年 5 月的一天，当收到举报后的派出所警察走进房间时，刘满民在内的四个人正坐在弥漫着烟味的麻将桌前，而桌上则放着几摞红色的钞票。

按照规定，他们依法接受处罚，拘留十五天，每人罚款五千元，并没收赌资，其经营的茶艺馆也因涉嫌赌博被勒令关停。

拘留所里的半个月，仿佛一年那么漫长，刘满民头疼得频繁：“每天坐在那个房间（拘留所）里就一直头疼，晚上安静的时候尤其疼。有时候好像还会听见耳边有拖拉机发动机的声音，轰隆隆的，让人睡不着。”刘满民说，在拘留所里，想得最多的就是，在那样一个彼此互相熟悉的小区里，总是抬头不见低头见，回去之后怎么办。

他一边说，一边狠狠地吸了两口手中的香烟，吐出烟雾的时候，像是长长地叹了一口气。

原点

半个月后，刘满民离开拘留所回家了。茶艺馆已经被勒令关门整顿，和刘满民合作的几个人索性就将店铺盘了出去，分了钱各自散去。

“后来我存钱的时候才发现，其实账上的钱已经不多了，钱要花起来还真挺快的。”刘满民说。

刚回到家中的刘满民对以后的日子十分迷茫，那段时间他养成了一个习惯，喜欢一个人跑去近郊还未彻底建好的湿地公园里走走，在湟水河流过的河岸边，抽几支烟，一坐就是一整天。

后来，刘满民将两套房中面积小一点的房子卖了出去，重新买了一辆小型货车。他在大堡子镇包了一块地，开始帮别人种植土豆，空闲时还会替酒店送送货。

2016 年 8 月，离开土地十年的刘满民，再次回到了他所熟悉的土地。他说：“瞎折腾了十年又成了个高裤腿的泥腿子，上上下下，心里的感觉说不出来。反正现在这样，每天去地里刨刨，也过得去吧。”

“就是之前和她们（两个姐姐）闹矛盾，这么多年也不联系，现在想也就是几万元钱的事情。”截至现在，刘满民与两个姐姐也依旧没有任何联系，甚至一个手机号码也没有保存。

“觉得和以前很像，但是又不一样了，少点踏实的感觉，但比之前又稳当多了。”妻子韩文凤说，如今除了帮助丈夫干一些地里的农活，她自己也在做一份小区卫生保洁的工作，每月大概一千五百元左右的薪酬。

我们与他分别时，他站在土豆地的田埂边，向我们微微地摆手再见。

经过旁边小寺村的村口时，星零的叮叮梆梆的铁锤的声音飘进车窗里。也许这又是下一个十年的开始。

（文中人名均为化名）

（文 / 郭瑾）

锦旗

早晨六点的闹钟响起，张晓从床上爬起来，刷完牙，抹一把脸就赶忙奔赴上班的地点。从家到工作的地方，张晓开车只需要五分钟就可以到达。

选择

张晓出生于一个医生家庭，父亲是普通医生，母亲是接生婆。在这样的环境下长大，张晓在25年前顺理成章地成为一名乡镇医生，并在安徽省亳州市利辛县的一个附属乡镇卫生院小儿科开始坐诊。像镇上的所有其他家庭一样，张晓的家庭在他儿时并不富裕，张晓的兄弟姐妹一共四人，他排名第四，有两个姐姐和一个哥哥。但他的父亲认为，即使家庭经济状况不好，但是也要供孩子们读书上学。学校的教育加上张晓跟着父亲见到了很多当时由于医疗水平不够发达而导致病人得不到很好的治疗，他立志当一名医生。

根据张晓的母亲回忆，那时候，张晓一家住的是一个很小的平顶房：屋里的摆设很简单，有两张床，一张床上堆满了杂物，另一张床用来睡觉休息，那张床虽说不小，但是睡六个人的话还是十分挤。张晓是兄弟姐妹中年纪最小的一个，因此那时候，张晓如果夜间尿床的话，母亲就在下面垫上一张床单，把干燥的一面铺在屁股下面，等到体温把湿了的床单焐热了之后再翻面。那是 20 世纪 80 年代初期，张晓生于 1973 年，那时也不过八九岁。

和许多农村家庭一样，张晓家养了一些牛和羊。小时候，张晓和他的哥哥经常天刚刚亮就赶忙起床，到离家不远的地里去拔牲口一天需要喂养的草料。拔完草料，大汗淋漓地回到家中，紧接着就要奔向学校学习。根据张晓的姐姐回忆，那时候的饭菜很简单，就是一个杂面馍，蘸点放了盐的青辣椒就凑合吃了。只有过年的时候，父亲才去集市上面割一点猪肉。她说："那时候过年闻着煮的排骨感觉真是香，现在就算是天天能吃肉也感觉不到有多么好吃了。"

在这样的家庭环境之下，张晓在初中毕业后，选择了去到市里的卫校学习医学知识。后来在乡镇医院实习期间，张晓经过母亲的介绍，认识了现在的妻子，也是一名乡镇医疗工作者，她叫马翠，当时在另一个乡镇卫生院当化验师。后来马翠调到了张晓所在的医院，一个是医生，一个是化验师，真是天造地设。

最开始进入医院的时候，张晓是在小儿科当医生，据他回忆："那时候医院在镇中心，这两年才搬到镇政府这边比较偏僻的地方，盖了四层楼，现在是镇里的大医院了"。时间倒回 20 世纪 90 年代末，那时医院只有一个三层的门诊部和一个住院部，中间隔了一个小小的广场，广场的东侧有一个小食堂，供应全部医生和病人每日的伙食。张晓和同事共用一个诊室，二人的桌子面对面，桌上没有电脑，只有胡乱摆放着的病历和废纸。由于从医年龄较短，医院里也还有许多其他的老医生，所以刚开始的时候，张晓的诊室门庭冷落，少有人问津。张晓妻子回忆，1997 年左右，夫妻俩每月的工资加在一起才一百多元，而医院里其他一些经验丰富的医生一个人都能拿到二三百元的工资。“所以每次发工资的时候，我和他都是最后去领工资，怕拿的少别人看见了不好意思。”2000 年之后，二人的工资才慢慢往上涨，到了 2006 年，二人的工资加起来才差不多一千元。

磨炼

作为一个乡镇医生，张晓描述自己的生活是有些单调的。每天早上虽说是七点半上班，但张晓总是不到七点钟就到科室等待病人。张晓说，因为来到乡镇医院看病的大多是农民，他们往往来得都比较早，如果看完病之后没什么大问题都还赶着去做其他事情，所以也根据他们的习惯调整了自己的作息时间，更早一些上班。

虽然张晓刚开始从事小儿科的门诊，但是他的专业其实是内科。在医院搬迁之前，张晓在小儿科坐诊也是主要看内科这一方面。根据张晓回忆，在医院旧址时，他的办公桌上总是放着一本厚厚的内科学课本。随手翻开一页，上面密密麻麻做满了笔记。张晓说，刚开始当医生时，由于病人都倾向于选择经验较丰富的老医生，所以他的诊室并没有多少人光顾，因此在空闲的时候，他就随手翻阅内科学课本，针对自己薄弱的知识进行查漏补缺。

当他接触的病人越来越多，张晓也慢慢积累了经验。人到中年之后，在附近几个乡镇开始有些名望。他说：“内科不像外科那样治疗得立竿见影，相比较而言内科比较麻烦。比如说，外科方面，有阑尾炎或者囊肿直接切除就能好转，很直观。而内科的病情比较复杂，症状不容易表现出来，大多是根据医生的经验来进行诊断。”

张晓就曾经接触过一个来自于老庙镇上的患者。这个患者被诊断患有多种病，心脏不好，而且胰腺也有一些病症，各方治疗的效果并不理想。在上级医院治疗之后，他已经在被市人民医院下病危通知书，医院方面也通知家属说基本上可以准备后事了。但是因为家里人不想放弃，听说了在乡镇上小有名气的医生张晓，于是慕名而来。之后经过治疗，张晓对症下药，为患者延长了多年寿命。患者的家人十分感激，给张晓送了一面“医德高尚，医术精湛”的锦旗，至今仍然挂在张晓的诊室里。

张晓从医多年，医患纠纷也有发生。张晓指出，乡镇患者有时候态度不好，比较着急，不理解医生的治疗方法，所以往往会和医护人员发生一些冲突。而医生并不是全能的，现在的医学更没有进步到可以治愈所有的疾病的地步，所以当治疗效果没有达到病人家属的预期后，个别脾气暴躁的家属就会闹事情，甚至于有些护士因为缺乏经验，在扎针的时候一针没扎到准确位置，有些家属也会“使脸色”。张晓以为，医生和患者家属的出发点都是想要患者能够健康，所以当医生的在一定程度上也要换位思考，理解病人的心情，病人方面也应该心平气和，相信医生的实力和人格。

不过张晓说，在乡镇医院的医患纠纷的概率会更低。拿他自己来说，病人是极度信任他的，在有些情况下，当患者没带够钱的时候，张晓也会主动借给患者钱就医；而一些老人对于乡镇医生也很亲切，在张晓的桌子上，经常会有老人的身份证。一些老人会放心地把身份证交给他让他帮忙办理农合本。办理农合本要到县级单位，所以张晓在下午空闲之余，有事情去利辛县时就会顺便去帮助老人们办理农合本，而从没有要过老人们的一分钱。

乡村医生和县城医院的医生最大的区别就是作息时间的规律与否。在上级医院里，大多数医生都有固定的作息时间，等到下班时间就可以回家了，而乡镇医生则不然。张晓表示，乡镇医生没有固定作息时间，每天来上班来得早，而下班晚，要等到所有的病号都处理完了才会下班。他们早出晚归，有时在家里正吃着午饭，医院打电话来说有病人，就要放下手里的碗筷，马上赶到查看情况（上级医院的医生下班之后如果再有病人，可以留给当值的医生治疗）。乡镇医生相比之下时间的自由程度就大大降低。此外，乡镇医生没有节假日，虽说不排班的时候可以休息，但是张晓和旁边科室的陈锋基本每天都坚守在职业岗位上。

难处

张晓说，乡镇医生主要做的是一些预防、保健等方面的工作，有时候也要去到更偏僻的乡镇进行下乡督导，如果出现疫情，有时也需要去前线。比如在 2003 年非典时期，他们的工作就是下乡给乡民测体温，观测病情，查漏疑似非典病人。

在之后的几年里，手足口病暴发增长。在手足口病暴发时，刚开始乡镇医院接收到手足口病病人之后无从下手，往往要先上报县级医院再把病人转至县级医院；之后由于患病儿童越来越多，乡镇医生被要求前往县级医院进行培训，经过培训之后，慢慢地乡镇医生可以单独接收治疗手足口病儿童。

张晓提到，乡镇医生也被上级分配了诸多必须要完成的任务指标，比如说扶贫、上前等等。手足口病的时候，乡镇医生不但要去县级医院学习，而且要求其必须修满一定的学分。张晓说，在一般情况下，乡镇医院接到手足口病病人之后，先是筛选病情，病情严重的就将其转往上级医院，病情较轻的就在这里治疗。此外，每隔一段时间，医院内科、检验科、B 超室就会被要求去周边的村里进行给老年人身体检查。

张晓的妻子是同一医院检验科的检验师，平时的工作就是给病人抽血化验。她说，每次去扶贫的时候，给乡镇上的老年人抽血，往往一坐就是一上午，连喝水上、厕所的时间都没有。赶上人数比较多的村落的时候，往往一上午抽的血就有一百多份；等到第二天上班的时候，不但要检验新来病人的血液情况，而且还需要检验昨天下乡体检的血液样本。赶上有集市的时候，往往要中午一点半才能完成所有工作（化验室每天只有两个人上班），做完工作，匆匆去食堂吃一口饭，又要开始继续下午的工作。

内科医生是首诊负责制，意思是假设来了一个病人，哪个医生第一次接待这个病人，那么这个医生就要负责到最后，安排好开药、吊水、安排床位、查房、写病历、出院办理等一切事务，所以乡镇医生的上午都是接待病患，没有什么时间，只有下午的时候才有时间写病历和查房，与患者沟通。

在休息时间里，张晓也不会满足现在的成就，他买了一些医学教育的网课，利用晚上值班的时间听医学老师讲的课，并报名通过了药师资格证和主治医师的考试。张晓觉得，医生这一职业总是在不断学习进步的，每遇到一个病人，分析检查病情再对症下药，老医生接触的病人越来越多，经验也就逐渐积累起来了。

搬迁

现在和前几年比起来，各方面条件都已经好转了。2014 年，张晓所在的卫生院镇中心搬迁到了靠近镇政府的位置。搬迁之前，医院前面的马路每逢集市时，就拥挤的水泄不通，有摆摊卖农产品的、卖小吃零食的及儿童玩具的、卖猪肉的等。加之镇上的主路是很多年前修建的，路面较窄，车辆几乎无法通行，因此旧医院在白天时总是拥挤而嘈杂的。

根据张晓回忆，在老医院上班的时候，患者在一楼排队缴费只有小小的一个窗口，病人多的时候，往往排队都要排上半个小时才能缴费检查；而在住宿方面，刚开始的时候老医院的住院房没有空调（后来才安装了空调），住院部是位于门诊部后面的一个三层小楼，地面是水磨石的，使用的时间久了，看起来很不清洁。此外，前几年医疗器械方面都不完善，患者满意度低。

搬迁之前，张晓住在医院后面的一间小四合院。老医院建造新的五层住院部，刚好位于张晓居住的四合院前面；在建造新住院部前，张晓家的院子阳光充足，而建造好之后，几乎整天见不到阳光。根据张晓的妻子回忆，每到冬天的时候，就要把院子里裸露在外面的水管包上厚厚的几层塑料保护，以防塑料水管由于没有阳光被冻住而导致全家用水困难。

那时候住的院子面积是很小的，院子朝南方向有一扇生了锈的铁门，打开铁门走进院子，右手边是一个低矮的棚子，棚子里有一间小小的厨房；左手边是一个花坛，但是由于阳光不好现在已经荒废了，而住的卧室则是正对着铁门的两间小屋，一间张晓的母亲住，一间张晓夫妻住。

房间不向阳，因此屋内总是显得非常阴暗，白天不开灯时，也和傍晚没什么两样。但在四合院居住最大的问题还是上厕所，因为四合院内没有独立的卫生间，如果上厕所的话要走到巷子口的医院厕所；而在新的住院部盖好之后，四合院通往医院厕所的那条路则被围墙围在了医院的里面，所以如果想要上厕所的话就必须要绕到医院正门。

“现在的生活比那时候好多了，不但医院的硬件设施齐全，而且居住环境也大有改进。在新医院里，患者病房不但安装了空调，而且床铺、卫生间都比之前提高了档次。除了这些，新医院还有一个很大的草坪，上面弯弯曲曲的小道可以供孩子们戏耍打闹。新医院前的马路也更加的宽敞，医院的停车位也能够满足看病高峰期的病人停车需要。”张晓欣慰地说。

搬到新医院之后，各个排队点的窗口数量增加，很大程度上缩短了患者的等待时间，提高了患者的满意度。

随着医院的搬迁，张晓一家也一同搬离了之前的小四合院，在医院旁的新农村买了一个带院子的双层小别墅。根据其妻子回忆，当时（2015 年）这套小别墅的价格大概是十五万元，而在镇的街上的房屋价格是这里的两到三倍。张晓的邻居也是一起在医院工作的同事，两人买了挨着的左右两间小别墅，两家一同开车多次往返距离镇上四十公里的阜阳市采购家具。搬到新家的那个夏天，两家都是兴致勃勃。

现在张晓居住的小别墅，是位于一个小别墅群的最后一排，后面有一大片菜地。房子不但采光很好，夏天的时候二楼窗户打开，风吹过令人心旷神怡。院子里种了一些辣椒、葱、西红柿等蔬菜，还种了一棵柿子树，搭了葡萄架。

作为一名医生，只有先保证自己身体健康的情况下，才能更好地去帮助其他病人。在搬到新的居住地点之后，二楼有空余的房间，张晓便将其改造成了一个小小的健身房。他定购了一台跑步机，又买了两个哑铃。张晓说，因为他是门诊坐班医生，往往坐在电脑前，一坐就是半天，上完一天的班之后总是感觉脖子酸背痛，他觉得自己也属于“亚健康人群”，因此需要多多锻炼。现在每天晚上下班回到家中，或是做俯卧撑，或是举哑铃，张晓都会锻炼一番。他还是一个乒乓球爱好者，前段时间参加了全县举办的乒乓球大赛。

改变

张晓说，变化不仅仅是在居住环境上，底层农民“看病难”的问题近几年也得到了很好的解决。现在患者来到乡镇医院就医，如果已经参保新农合，并且花销项目在报销范围内，基本上就不怎么需要花钱，报销比例在百分之八十至九十左右。新农合可以说是为底层老百姓切实解决了看病问题。几年前，农民生病之后害怕花钱看病，能撑则撑，而现在就不同了，在生病之后农民是主动看病。从被动到主动的这一转变就可以看出乡镇卫生院的保障提升明显。

乡镇医生想要提高患者的就医满意度，就必须为他们提供更好的服务。张晓提到，“因为我的科室在二楼，所以如果有一些行动不方便的患者前来的话，我就要亲自下一楼为他们诊断病情，而不是整个上午都坐在桌子前等待病号。”

另一方面，除了病人的满意度，医生的工作量也减少了很多。现在乡镇医疗系统也已经联网了，所有病人的病历都可以用电脑去写，这就省去了之前手写病历的力气。此外，一些需要检查的处方、开出的药材也可以通过电脑直接打印，每个医生的电脑旁边配备有一台打印机，这提高了医生的工作效率，也节约了病人的时间。

在新医院里，是一个医生拥有一个诊室，诊室也都分别装上了空调和电脑桌。刚进张晓科室门，靠门的墙边摆放着一张供患者使用的蓝色病床，床前有一张三个座位的加靠背的长椅，紧接着一个档案柜，档案柜后面隔了一个蓝色的屏风，后面的小床则是张晓值班时候午休使用的。靠近放电脑的桌子的墙面上方挂了一共五面锦旗，有三面由于空间的原因被前面两面完全遮挡住。每一个锦旗都代表了经由张晓治愈的患者对于张晓的感激之情。锦旗背后的故事，张晓并不能一一详细地讲出来，然而只要锦旗摆在那里，他的心中就有一种感动。他以为在这个医患纷争频频发生的时代中，作为一名乡镇医生，他和其患者之间的高度信任，不仅仅是对于自己职业的肯定，也是对于他继续向前、努力为患者服务的莫大鼓励。

那五面锦旗，不仅仅是为张晓一人而颁发的，更是向中国所有奋斗在基层乡镇的医护工作者们最大的致敬。

（文中人名均为化名）

（文 / 秦天宇）

从工人到教授，从高考场到暨南园

2017年，是中国恢复高考的第四十年。1977年10月21日，《人民日报》头版头条发表《高等学校招生进行重大改革》一文，并宣布恢复高考。

2017年，是暨南大学复办的第三十九年。1978年1月，中共中央在转发外交部《关于全国侨务会议预备会议的情况报告》中明确要求要“逐步恢复暨南大学、华侨大学和若干华侨补习学校”。按国务院指示，暨南大学在广州石牌原校址复办，并决定在同年秋季招生开学。

2017年，是倪列怀在暨大生活的第三十九年。高考将倪列怀与暨大联结成一个“命运共同体”，也改变了他的人生轨迹。倪列怀就像一本“暨大近代史”，用双眼记录着暨南园的陵迁谷变。

读书，高考

中学毕业后，倪列怀便去了电子超声波厂当学徒，拿着一个月18元的工资。他对自己的工作还挺满意，因为他的工作服是干净的白色，不像一般油渍麻花的工人。也因为工作的保障，当他面临高考时，并没有感到任何的紧张。

“我就想考得上就考，考不上就工作。”倪列怀解释道。

话虽如此，也是要准备的。倪列怀在选择科目时，选了文科，父亲听后非常生气，说道：“要读就读理工科，不要读文科！”

但是，在倪列怀所受的十一年中小学教育里，夹杂着十年的文革，可谓是“玩得多，学得少”。而在毕业和高考之间，又横亘着两年的工作经历，仅存的知识也还给了老师。20岁的倪列怀面对着数理化的公式，心里毫无把握。他转念想想：中学时期，自己还读过不少文学书籍，便不顾父亲的反对，毅然决然地报考了文科。

当时要考五科，中文、数学、政治、地理、历史。其中，中文、数学、政治是必考的，其他两科选考。倪列怀能躲得过“理化”，却绕不开数学。在高考备考短短的几个月中，他复习最多的就是数学。每日白天在工厂上班，夜晚就在家中抱着一本数学习题埋头苦做。只是没想到几个月后，高考成绩出来，数学还是考了所有科目中的最低分——35分，当时是100分制。虽然分数不高，倪列怀对自己的数学成绩也很满意，他觉得自己可能就只答了35分的题，后面的很多题他都没有学过，也不会做。

拿着一个二本的成绩，倪列怀可以选择华南师范大学和暨南大学。那时，华师的教育比刚复办的暨大要成熟。

只是，倪列怀并不想成为老师，便选择了暨大。在选择专业上，他并不考虑经济系、新闻系一类，而是在中文系与历史系之间纠结。文学思潮在当年是流行的风向，一部文学作品出来也是现象级的影响。在这个时代，诗人和作家能凭借文字收获一大批“迷弟迷妹”，也能过上体面的生活。倪列怀对文学很有兴趣，只是他高考时的历史分数相对高一点，让他难以抉择。最后，在华师任教的姑姑为他一锤定音：“按照你的兴趣挑吧！”

就这样，倪列怀填好了他的志愿：第一志愿，暨南大学中文系；第二志愿，暨南大学历史系。他还在下面补充了一句话：“不服从分配。若不被录取，宁愿留在原单位。”

“洋气”的大学岁月

从汕头到广州，共 481 公里。倪列怀用 12 元零 3 分钱买了一张车票，用去了他一月工资的一半有余。他只用一个普通的背囊便装下了他所有的行李，包里有几本词典，两套换洗衣服和一双鞋子。1978 年 10 月 6 日晚上 8 点半，他到达了广州汽车客运站。

暨大派了一辆东风大货车来迎接外地的新生。车先开去了火车站，然后再开到汽车站，最后沿着中山大道西从北门开进学校。到学校时已经接近十点钟，车刚停下，倪列怀就听见校园里的喇叭在放军号，是部队的熄灯号。倪列怀感到奇怪，怎么校园里会有军号呢？

后来他才得知，原来暨大停办之时，校园被军医大占用。1978年，暨大选定在原址复办，要求军医大在两到三年内搬离。而他入学之时，军医大只退还了部分校园，仍有学生在校园中学习生活。

军医大还在校园里开了一片水稻田，就在如今暨大图书馆广场的位置。稻田的路两旁还有灌溉沟。夏天一到，青蛙与昆虫的叫声此起彼伏。在水稻田旁边，就是教学大楼。教学楼有五层，每层30间课室，“文革”前号称是“全亚洲最大的教学楼”。

中文系一般都在208教室上课，而楼下的108教室则是医学院的人体解剖课室。在炎热的夏日里，福尔马林的味道总能爬过楼梯传入中文系的教室。有些胆大的同学，下了课就爱跑去围观：“今天又有新鲜标本了！”

就这样，倪列怀在这蛙声虫鸣里，在弥漫着防腐剂气味的暨南园里，开启了他的大学岁月。

复办后的暨大中文系，出名的老师并不算多。但中文系仍不缺循循善诱、出口成章的好老师，饶芃子老师就是其中一位。

饶老师在文艺学领域非常有影响力，讲课也很有激情。有一次，饶老师给中文系讲授俄苏作品《第四十一》。这是一部以人性与阶级冲突为主题的作品，讲的是关于红军女战士开枪打死一位白军情人的故事。饶老师讲这堂课的时候，既深入浅出又风趣幽默，引得中山大学的学生都不远万里来到暨大旁听，参与讨论。

除了有豪情万丈的饶芃子老师，还有细腻严谨的戴植秋老师。他有一门课叫古书句读——每节课就给同学发成沓的古文作业，让同学们回去做句读，第二节课收回来批改并做讲评。全班60多份作业，戴老师对着标点逐个地改，还用一手漂亮的字在作业上写下工工整整的点评。

后来，倪列怀在武汉大学修读研究生课程时，遇上句读的课程。老师在黑板上写了密密麻麻的古文，让他上去标标点。下面的同学看着他的标法，都觉不对。他坚持说：“我联系上下文，觉得就应该这样标。”最后果真是他标对了。倪列怀起初并没有感觉到这门课的影响，没想到戴老师给他培养的是“语感”，伴随了他的一生。

戴老师除了课教得融会贯通，治学也很细致扎实。那时，学生与老师关系都非常好，倪列怀跟同学们也经常去戴老师家串门。七十年代还没有电脑，做文学研究都要做成资料卡片。倪列怀来到老师家中，看到老师一拉开抽屉就是满满一摞卡片，他着实被震撼到了。老师也借此机会，教授他们如何积累材料、梳理知识。这些课下的言传身教，也让倪列怀受益匪浅。

除了学习生活，校园内的文体生活也是十分丰富。港澳生为校园带来了“桥牌”“国际象棋”等一系列时髦的洋货；而“蒙古包”饭堂中央的舞厅，则是汇聚广州名流的场所。这种校园生活，在当时有一句话形容：“中大是书呆子，华工是二流子，华师是土包子，暨大是花花公子。”

在这“洋气”的校园里，最著名的莫过于暨大的露天电影了。那时，暨大与军医大每周都会各放一晚的电影，每晚放两部，一周就能放四部电影了，更别提节假日还会加映电影。播放的电影不仅有“禁片”，也有最新的进口片，暨大的露天电影又多又新，引得五山地区各高校的同学们都前来观看。

负责放电影的老师时常来敲中文系学生的门，问他们想看什么电影。有一年，他们上到了外国文学史，就让老师播放跟课程相关的电影。比如，老师讲到了《白夜》，倪列怀就让放电影的老师找《白夜》的录像带，在全校放。课上讲到了被批判的中文电影《怒潮》，他也让老师找来放。如此一来，这样课上的知识跟课下的电影一结合，大学学习就变得栩栩如生起来了。

这种认真治学，活泼生活的校园氛围，是倪列怀从未经历过的，也是这一代人没有经历过。这群 78 级中文系学生入学时，最小的才 16 岁，最大的却已经 30 岁了。他们十分珍惜这个来之不易的学习机会：有同学每日早早爬起来到操场晨读，背英语单词；也有同学每日在自修室自习到夜晚 11 点 30 才回到宿舍。倪列怀在每堂课都高度专注地记录笔记，他形容“差不多连老师咳嗽都要记下来了”，课后他就把笔记抄得工工整整，整理笔记当复习。

分配难躲，兜转终成师

时光在一张张书页中流逝，转眼就到了毕业之时。20 世纪 80 年代，毕业就业都是由国家分配的。学校里，政治辅导员掌管着同学们的毕业流向。中文系里不少同学想留校当老师，杨启光就是其中一个。

杨启光既是当兵出身，又是中共党员，当学生干部非常合适。起初，政治辅导员便任命他为学生会主席。但杨启光当了一任之后便以学务繁忙为理由辞职了，辅导员对此心存芥蒂。最终毕业时，辅导员分配他回湖南的政协里当了干事。杨启光既是委屈，又是愤怒。到了长沙，他给倪列怀写的第一封信便是痛骂辅导员。

而倪列怀呢，当时并没有想留校。回忆起中小学时的经历，高考志愿选择时的决绝，倪列怀始终对“老师”一职有着复杂的感受。相比之下，他更想回家乡的报社工作。只是，他是当时的副校长王越的业务助手，材料也被留住了。最终也没有办法，按照辅导员的分配，倪列怀只得留在暨大。由于编制还在文学院里，倪列怀也参加教研室的讨论，慢慢转到了教学上来，成为一名大学教授。后来，中学同学聚会时，同学还对他开玩笑道：“你这就是‘报应’呀！”

倪列怀还记得自己上的第一堂课，是给学校考资格证的教职工上语文补习班。对于走上讲台，他还是有些不适应。上课铃一响，他就巴不得马上听到下课铃。虽然他备课备得很充分，但苦于没有教学经验，上课时像机关枪一样地拼命讲，结果他讲课时就抢了进度——这节课的知识都已经讲完了，只得开始讲下一节的内容。

从留校那刻开始，倪列怀再也没离开过暨南大学和文学院，直到如今，他即将退休。在文学院里，他从事着语言学的研究，也投身到公共知识教育的领域中来。20 世纪 80 年代，他曾撰文建言，希望暨大推行内外招生分开上课的制度。（注：内外招生即大陆学生与港澳学生）鉴于不同教育体制下学生的知识水平的不同，老师可以因材施教。如今，这些制度也已成为暨大日常教学运作的传统。

暨大不仅是成就他的地方，也是影响他教学的风格特色。他说：“我现在讲古代汉语课，仍然会从古代的东西里讲出些激情，我想那就是被饶芃子老师影响的。”

在他看来，在暨大的学习，有两点收获特别大：一是暨大这种独特的学生结构，可以开阔学生的眼界；二是学校提供了他做研究学问的方法。

“港澳生与大陆生一起读书，为我们提供了一个不一样的参照系。这在那个年代特别重要，内地其他的学校没法比。而学校教会做学问的方法，对于做老师很重要。自己没学过的课，要如何通过阅读书籍，消化知识并教给学生，这个都是学校教会我们的。”倪列怀说。

作为第一批高考的“老三届”学生，倪列怀也见证着高考为中国带来的变化：“77、78、79届的学生，他们经历过‘文革’、了解时政，也在底层社会挣扎过。所以他们对中国国情的了解比较到位，熟悉中国的政治与经济。他们也因此一度成为中国社会发展的中坚力量。”的确，从78级中文系走出去的，不只有教授倪列怀，还有诗人汪国真、华侨大学校长贾益民。

三十九年，倪列怀从一名工人到学生，从学生到讲师，从讲师到教授、主任、书记。三十九年，暨大在农田上建起高楼，从四个学院发展到二十多个学院，由二本院校跃升为广东一流高校。恢复高考四十年，高校扩招，考试改革，高等教育从精英化走向大众化，一批批人才得以改变命运。

耳边似乎又响起了军队的熄灯号，20岁的倪列怀从东风大货车上走了下来，提着背囊径直走向宿舍，消失在暨南园的夏夜中。

（文 / 杨滢玮）

被命运“拉扯”的 34 年

周康是 1959 年来到暨南大学的，当时的他没有想到，这一待，便是 34 年。直到现在，他都没有忘记，决定他人生轨迹的那一天。

“我一直以为暨大在山东济南”

周康的每一个决定，仿佛一直在被一只手牵着走。

农民出身的他，由于当时政策的要求：弟兄三人必须有一个人去参军，因为家中老大、老二都不愿意打仗上前线，作为家里老幺的周康，便参军入伍了。从一开始的步兵到炮兵，在部队训练了还不到一年的时间，不久，抗美援朝就爆发了。1950 年，只有初中学历，还没有系统学习相关军事理论知识的他，就跟着部队上了前线。“我当时被分配到 169 师 506 团 319 连当干事，天天训练。那个时候，队伍决定在丹东附近过江，又因为我们是炮兵，只能架浮桥，晚上过江，白天就撤。”说起打仗的那段日子，周康明显话多了起来，语气显得有些激动。

“我的学习、成长都在部队。”打仗的日子是紧张的，除了要时刻注意敌人的进攻，防范来袭，还要学习相关军事理论知识来提高队伍的战斗力。作为炮兵，对于技术的要求就更高了。但当时的他们都是农民出身，没有教育环境，就只能在防空洞里学文化。趁着敌人暂停进攻的间歇期，学拼音、汉字、军事理论，“我们一天就可以学几百个生字。”凭着在防空洞学习的知识，只有初中学历的周康顶过了敌人的阵阵炮火，迎来了胜利的号角。由于当时条件恶劣，部队还发明了一个新词汇——“战场入党”。1951 年，周康凭借着突出的表现，在防空洞内顺利入党，成为了一名共产党员，而那个时候还是愣头青的他，不会想到后来的他会在落脚何处。

彼时，抗美援朝刚刚结束的中国，百废待兴。《当代中国华侨教育》一书中介绍，自 1949 年到 1957 年，归国求学的华侨青年约有 43000 余人，为顺应这一新形势，国家先后创办了一批归国华侨学生中等补习学校，以及华侨工业中等学校、华侨农业中等学校、外国语专科学校。但当时的学校还是无法满足大批华侨青年归国进入高校学习的迫切需要，于是筹办一间新型的、适合他们需要的华侨大学就显得尤为重要。正巧在此时，广东省政协提议在广州兴办一所华侨大学，兼任广东省政协主席的陶铸赞成这一提议。就这样，在多方力量的推动下，在广东省重建暨南大学的方针被提上了日程。而周康所在的那支部队也受命转业到了广东，投入到新一轮的高校建设中。

“当时因为我患有严重的胃病，没有办法参加正常的训练，所以就转业了。”作为哈尔滨人的他，一直想要回到北方去。所以当听到“组织来炮一师招人，说是转业到暨南大学时”，周康很高兴，以为是在山东济南，想着终于可以往北走，回到北方了。却不想，此“暨南”非彼“济南”，这所大学位于祖国的南端——广州。那时候的人们，特别是部队的人，并没有什么选择的权利，服从是军人的天职。周康想着：“既然抗美援朝都过来了，广州为什么不行？”就这样，他便在暨南大学留了下来，那时候，周康与北方老家的爱人刚结婚不久，不得已，他和爱人开始了两地奔波的生活。

那一天是 1959 年 9 月 13 日。从这一天开始，周康便在这南国扎下了根。

复建之初，在荒芜之上垒起的学校

当时的暨南大学，只是存在于历史课本上的一个名头，早已没有了过去的辉煌，刚刚建立起的学校，“家徒四壁”，一切都是从荒芜之上开始起步。周康说：“刚开始的时候，什么都没有，只有山坡上的一小栋办公楼。”在暨南大学的筹办初期，经费和校舍校址是摆在筹建委员会面前的难题。为此，筹委会商请决定把中侨委在广州石牌设立的广州华侨学生中等补习学校和港澳学生补习学校作为暨南大学校址，调配中山大学等其他高校的老师组成师资队伍。并由省财政厅拨支，请求华侨、港澳人士大力赞助，以期解决经费问题，当时除了政府财政给予的款项，学校当时也得到了许多爱心人士的帮扶和捐助。就这样，暨南大学开始从蓝图走向了现实。

筹备复办的那段时间，周康恨不得分出八个分身来工作，几天几夜没合眼是常事。在他的印象里，时任暨南大学校长的陶铸，会常常来到办公室，听取大家的意见，解决各部门的问题。“我记得，有时候，陶铸会进来办公室，坐上两个小时，听一听大家的意见，点名省、部级各单位进行解决。”作为从军队出身的干部，周康知道自己在很多专业问题上都不了解，只能负责各部门的协调沟通工作，又因为对学校建设的专业问题不熟悉，所以时常会出现差错。有一次因为自己的沟通不到位，导致一份文件上的数字出现了误差，为此，他自责了好久。“因为不想拖大家的后腿，给组织丢人。”轻描淡写的话语里是那一份对工作深深的责任感。

除了重整学校机构队伍，摆在周康眼前的还有生源问题。暨南大学档案馆资料显示，1958 年暨大共招生 1304 人，其中本科生 754 人，华侨预科生 293 人，工农预科生 257 人。周康表示，一开始暨南大学里面的华侨学生其实并不多，主要还是以港澳学生为主。虽然港澳生居多，但不同的生源结构也使得在学生管理上，暨南大学与其他高校存在着些许不同。“当时内地学生只占 10%–15%，所以我们做学生工作的干部，就要先了解学校的政策。”周康强调。作为面向华侨教育性质的高校，暨南大学一开始就特别开设了两个招生办，一个是面向国内，一个是针对国外。周康回忆，在香港、澳门，学校都设有专门的招生处，来进行专门宣传并招收生源。很多外招学生都是通过这种方式来到暨南大学就读的，也有一些是通过校董推荐的方式，来到学校的。而对于国内的招生，学校则是采取了按照各省比例划分招生的方式，相关要求和限额都很高。虽然学生来自五洲四海，但是在学生工作上，周康并没有区别待遇，而是一视同仁。“我们那个时候很重视学生劳动，学校要求每周都要组织学生劳动一天。”在这样的号召下，周康经常带领学生一起劳动，也会要求安排学生定期打扫宿舍卫生。每天在食堂就餐的时候，他也是和同学坐在一起，和学生打成一片。也由于当年亲切的相处，即使过了数十年，许多学生依然没有忘记周康，每次回母校的时候，都会特意来拜访他，向他问好。说到这里的时候，周康的脸上浮现出开心的笑容。

20 世纪 60 年代，劳动教育一直是高校教育强调的重点环节，暨南大学也不例外。而响应号召的第一件事情就是挖明湖。挖明湖是一件大工程。“那个时候明湖是四十亩，东湖二十亩，西湖二十亩，全部都是我们自己挖的。”他回忆道。那个时候的干部，没有所谓的“官架子”，看上去都非常的艰苦朴素。和当时大多数学生干部一样，周康也和学生一起同劳动，加入到挖明湖的队伍中。

因为刚从部队转业，周康体能好，挑土总是抢在前头，也因此在评比中获得了“劳动突击手”的称号，说到这里，他不免有些兴奋，手势也多了起来。现在，明湖已经变成了暨南大学一道标志性的风景线，而那段特殊的经历也成了当时学生干部心中不可磨灭的回忆。周康还提到，当年梁奇达校长去世的时候，还特别要求一部分骨灰撒在暨南大学的明湖，来纪念当年的那段岁月。

从荒芜到繁华，复建之初的点点滴滴，都在周康的心里刻下道道痕迹，面对世事沧桑，他依然怀着一颗勤勤恳恳的感恩之心。

“小周，你要回来哦”

1970年3月，暨南大学被“通知”撤销。面对那段时间的经历，周康向我们谈的并不多。

时间一晃，便是十年。继1977年下半年全国恢复高考制度后，暨南大学的复办也进入了中央决策层面。1977年底，时任国务院副总理李先念在全国华侨工作会议预备会议上，提出要恢复暨南大学。1978年1月，中共中央在转发外交部《关于全国侨务会议预备会议的情况报告》中明确要求要“逐步恢复暨南大学、华侨大学和若干华侨补习学校”。按国务院指示，暨南大学在广州石牌原校址复办，并决定在同年秋季招生开学。4月17日，国务院批示，对暨南大学的招生范围、专业设置、学制和规模、领导体制、师资、设备、图书以及经费等问题做出明确规定，要求复办后的暨南大学“要办成一所文、理、医多科性综合大学”，“以招收海外华侨、港澳同胞和台湾籍青年学生为主，同时也要招收少部分国内的学生（以国内的归侨和侨眷的子女为主）”。规定两校学生实行“来去自由”的政策，华侨和港澳学生毕业后，可以由国家统一分配留在国内参加祖国的社会主义建设，也允许出国就业。

消息一出，不管是干部还是老师都纷纷感到非常振奋。而当时在中山大学的周康，也接到了梁奇达的电话，希望他可以多多动员，让老教师都尽量回到暨南大学。“我记得当时梁奇达对我说：‘小周啊，你要回来哦，回来管理教育机关哦。’”面对老校长的嘱托，周康没有多少犹疑，就答应了下来。说起当时为何爽快答应的缘由，周康解释道："因为曾经是他的老部下。"老部下，简单的三个字，却带着年轻时军旅生活的痕迹，他始终没有忘记，那一份战友情。

筹备二次复办时，周康积极动员着当时在中山大学的老教师、老干部。在他的不懈努力下，暨南大学经济系的教师都悉数回归了原学院，保存在中山大学资料室里的珍贵的教学资料也被他全数带回。周康回忆道："拉到中山大学去的十几辆卡车的资料，我一件都没有留在那里，全部都运了回来。"虽然大多数教师都答应回到暨南大学，但是还是有部分老教师出于种种原因，不愿意回去。面对这样的情况，周康积极地找他们谈心，了解他们的难处，分析现在面对的困难和处境。在他的开导下，除了个别身体不好，年龄较大的老师外，当时在中山大学的两个系——经济系和生物系的专业教师基本都回到了原来的岗位，为后来暨南大学优势专业的开展保存了中坚力量。

一直惦念着……

尽管已经离开了自己的工作岗位多年，但周康还是时刻惦记着学校的发展，关注着学校的变迁。学校建设的点点滴滴，他都记在心里，过去的那些人、那些事始终令他牵挂，让他难以忘怀。

"我们这个学校，发展到现在，已经文理体等各专业都已经很齐全了，把现在已有的专业办好，我觉得就够意思了。"对于学校未来的发展，周康说出了自己的期许。面对顺境，很多人都会头脑过热，贪大贪多，最终导致"一口吃成一个大胖子"，走向摇摇欲坠的边缘，他不希望以后的暨南大学会面临这样的窘境。作为"华侨第一学府”，暨南大学有着自己得天独厚的优势，也有着随之而来的挑战和危险，周康说：“我们学校很有发展前途，中央的领导也很重视，办好就很有特色了。”他期待着，在未来暨南大学可以将自己的优势进一步放大，发挥自己的侨校特色，将金字招牌擦亮。此外，在文体建设方面，他还提到，在过去，暨南大学文体方面势头强劲，但是近几年有放缓的趋势。“我们的文艺节目原来有很多，缅甸舞、高棉舞……港澳里边有很多人才，可以适当挖掘。”周康期待着，暨南大学可以继续发挥多元文化的优势，通过文体活动等方面的交流，加强内外招同学之间的联系，促进文化的交流。

周康讲的话都很朴实，说话中虽略带一点东北口音，保留着过去沧桑的痕迹，但每一句都饱含着作为一个已经退休的校领导的期许和关注。

甲子回首，半载人生。如今，周康阔别原来的岗位已经 26 年。虽已年过耄耋，但说起过去那段峥嵘岁月，他还是能够和我们侃侃而谈、思路清晰。其实和那个时代的大多数一样，他的人生并没有太多可以选择的境遇，相反，许多转折，更像是在被命运之手操控，裹挟着他前行，成就了他现在的人生。虽说也有坎坷，但和那些在苦难中挣扎的人们相比，他算是幸运的。

尽管这般，周康始终觉得那是一段让他充满热血，让他可以滔滔不绝地讲述的日子。就在临近离别的时候，他还在对我们说着：“我这都是随便说说，咱们都是一家人，你随时有什么想问的，我都可以给你回答……”

（文中人名均为化名）　　　　　　　　　　　（文 / 叶正芃）

“第一批”的例外

王勤总是让学生叫他“欧桑”，而不是“王桑”。因为他总说后者不是地道的日本语。

近些年小语种才兴起，但眼前的日语老师却是一位60岁的老人。虽说年龄前面带上了“六”字，但他的腰板得极正，剃了个板寸头。从远处看头发还是黑的，但面对面坐下来，两旁的白发还是占了好些位置。

他在城中村的屋子里的墙壁有的已经掉了屑，昏暗得白天依旧需要开个灯。暖黄的灯光并没有使这个屋子有多温暖，家具很少，显得有点空。

他说这个房子挺好的，便宜而且干净，周围没什么杂七杂八的人，都是一些刚毕业出来找工作的小姑娘。最重要的是，这里与他小时候的房子挺像。

1975年，王勤高中毕业，响应国家号召下乡插队。下乡的日子很苦，实行“六对六”政策：早上六点起床，晚上六点回来。

最难熬的是“饿”。秋天打谷场上，高粱小麦堆着，广播里就开始报“几队几队领粮食啦。”“比如一个人五百斤口粮，不管粗粮细粮，加起来一共五百斤。我们这些年轻人，你知道的，细粮两天就吃完啦。”分粮食的时候旁边还跟个会计管称，所有人的眼睛都盯着他。农忙的时候忙庄稼，农闲的时候搞水利，平土地。冬天零下十几度在地头吃饭，农村本地人中午有人送饭，插队生没人管，用着不知道是铝皮还是铁皮的饭盒装着，有时饭都冻住了还得咽，没办法。

幸亏插队的地方离家近。一年之后，父亲托关系将王勤调到了军队，“那时候当兵是最好的出路。”

“在队里，我干什么都是拔尖的。”进新兵连训练的时候，要学四肢攀登。“这东西要腹肌的你知道吧。进来的大部分都是赖小子，他们不知道，爬也爬不上去。野外训练要爬那个电线杆子，从底下爬到上头，不爬完不能吃饭。我是第一个。有两个兵爬不上去，这个腿别住，那个腿交叉着也别住，然后往上一点。老兵这时候往下一摁。这时候没人抱你，你是下不下来的。我们都吃完了，看那两个还趴那儿哭呢。这就叫欺负新兵，哈哈哈，好玩吧。”王勤说这段的时候，双手双脚还在那里比划着，说完后身子往椅背上一靠，二郎腿又翘了起来。

转业后，父亲的关系让王勤顺利进了市政府当公务员。“我就看不惯那些人天天上班泡杯茶，议论谁是谁的亲戚。”可闲着也是闲着，王勤开始自学日语。那时候王勤天天趴在收音机前面，一天学几个日语单词就开始听日语节目。一开始听也听不懂，渐渐地能听懂几个单词，到后来听懂整个节目都没问题。收音机不光是练听力的工具，更重要的是提供了个看外面的窗口。一个北方人开始被南方的海吸引。

1988年海南建省，透过收音机传来的不仅是“哗哗”的海水声，还有嘈杂的人声，“滴滴”的汽车鸣笛声，这些声音都透着“地里桄榔”的钱币碰撞声。那是忙碌之声、繁华之声、希望之声。

于是王勤请了病假便开始“下海”。1994年，他坐火车一路南下到了广东湛江，再换长途汽车到海安码头。船票不那么好买，啃着干粮等了几天才排到一张票。登上狭窄的船舱，气味难闻。”幸好，王勤在船上认识了一个海军军官，那军官不仅答应给他介绍工作，而且还带他参观了军舰。

说到这儿，他的二郎腿又抖了起来：“我们这样的人放哪儿都能活下去。”军官介绍他去“张总”那儿干财务。张总属于那一带第一批富起来的人，也来自北方，喜欢同样豪爽的王勤。赚了钱都放心地让王勤看着，20多万元，说放就放。“那时候20多万元可不是个小数目。我从来没动过歪心思。”改革开放之风吹进来不少东西，有好的有坏的，但在那时候“夜总会”算是个新奇的事物。后来王勤实在受不了常逛夜总会的张总，便离开张总，出去单干，做日语翻译。

他去了一家化学厂，晚上在出租屋里背烦琐的化学单词，白天带着日本人介绍参观。当时还有一位翻译，脾气暴躁，总是欺负小个子，这就反衬着王勤的踏实温和，渐渐地日本人找王勤翻译的次数越来越多。可谁想到这时候张总又杀了回来。那天晚上，张总约王勤到一家餐馆。故人相见，分外亲热。餐桌上张总了解到王勤混得不错，吃着一半，突然把筷子一撂，迂迂回回地说了半天，王勤才了解到张总被别人骗了钱，工资也发不出来，被追债的追着跑。王勤只觉得想报答“知遇之恩”，想帮帮前老板。但毕竟带着他躲躲藏藏，不是长久之计，便辞了职，买了两张机票，一张给了张总，一张给自己，回了老家。

那两年在海南的经历仿佛一场梦，但又像是粘在心脏上的羽毛，风一吹，就挠得心痒痒。在后来的单位待了四年，直到2000年山西省林业厅有一个去往日本的农业交流项目，王勤想也没想就飞去了。

王勤被分到的那家农户位于北海道雄武町幌内村。他住的房间位于一个木制别墅中的二层。每个房间有个供暖的灯油炉子。它是由计算机控制的，人一进房间，打开开关就开始供暖。那家农场主拥有一片极大的牧场，平时挤牛奶都有一个特殊的管道，也是由计算机控制。但是放奶牛需要人看着。

王勤说那里的景色特别美，绿茫茫的一大片，奶牛身上黑的白的，一团团的像天上的云。回去的时候就说：“卡艾鲁邹！（日语：回家吧孩子）”受过训练的牛们就会往回走。王勤说到这些牛的时候眯缝着眼：“好可爱哟。”那时候西冈也会教他挤牛奶，有时候手法不对，严肃的日本人用胳膊在胸前比划一个“×”，脸一耷说：“不对！”也不重复讲，就是要你硬生生地回想。碰着放假，王勤直接拿个刀上山“找狗熊”，那时候的他觉得自己拿刀的样子颇像喜欢的日本武士。我问：“那找到了吗？”他笑着摇了摇头：“但是狐狸、兔子特别多。”

没想到这件事在小镇上传了开来，人们开始认识这位中国来的男人，并叫他“找狗熊的欧桑”。上一趟街，都会有好几家日本人叫他去家里吃饭。晚上，王勤一个人躺在屋子里，他说北海道给他最深的印象就是“静”。冬天海水结了冰，底下的浪还在翻滚，一下一下打着冰面，一块块的冰“刺啦”一下裂开的声音都能听见，“像鬼在哭”。

2002年王勤回国，在日本的学习交流在中国反而没有延续，回来还干着以前的工作，没什么变化。他辞了职来到广州，开始做一名全职的日语老师，没想到这是最长性的工作，一干十几年就这样过去了。他还记得十几年前岗顶的样子，空空旷旷的像个工地，草啊石子满地都是，如今高楼大厦，车水马龙。

这么多年他也算走在时代的前沿，最早一批下海，最早一批学习小语种，可惜在一个地方没待过很长时间。十几年当老师的钱刚够给儿子在珠海付房子的首付，自己和妻子两地分居，一个人住在城中村。前几天房东收了房，这位头发白了的老人还像年轻人一样，在城中村中继续找着房子。

时间像波浪一样一浪接着一浪超前翻着，有的人站在海浪最前端，抓住更多的机会得到宝藏。但是更多的是像浮在水上的浮萍，被时间推着往前，并没有来得及抓住什么。不知道他们有没有后悔，要是当初没有选择往前，而是往深处潜，会不会挖到更多宝藏。

（文 / 薛子韬）

“三峡好人”在崇明

吴美芳至今仍清晰地记得，离开云阳老家的那个下午：“天气热烘烘的，岸上来送行的热热闹闹的场景，人挤人一大片。”她还没来得及同父亲和大哥多说上几句话，就和三岁的儿子，丈夫及夫家一大群人坐上了那辆白色的轮船。轮船载了两三千人，大家都提着大大小小的箱子、袋子，带着所有铺盖，有些甚至带上了家里的牲畜，前往千里之外的远方。轮船在江上行驶了五天整，他们经过了三峡，白帝城，葛洲坝……从长江中上游来到了长江口的吴淞码头。

那时是2001年，吴美芳一家第一次走这么远。

“刚来时，觉得崇明也很落后，和老家情况差不多，水泥路也没几条，村里都是泥地，和电视里的上海完全不一样。”虽然对崇明的第一印象和自己以前的想象有些出入，吴美芳还是很快就接受了自己的新家。

他们一家被安置在了中兴镇中兴村三队，这是崇明岛东部的一个小农村。经过评估，吴美芳老家的房屋补偿金是16000元，政府给每个人一次性发放了9000多元移民补助。后来，每人每月有20元补贴，可以领20年。吴美芳的新家是一栋两层的乡村小别墅，是按 550 元每平方米从政府手上买来的，和本地人的房型一样。吴美芳对屋子很满意：“比村里其他人家新式亮堂。弟兄们就住在前后幢，走动很方便。”

吴美芳一家是三峡工程的早期移民群体之一。他们很早就听闻三峡工程的建设：“小时候就有传言说要拆了，传了几十年了。直到有一天，拆迁评估组来量房子，才知道真的要拆了。”

三峡水利工程是中国有史以来最大型的工程项目，建成的水库兼具航运、发电、蓄水泄洪等功能。建成后为上海，江苏，广东等十座城市供电。三期蓄水完成后，水库淹没了一百多座城镇与大量农用耕地，产生了 120 多万库区移民。其中，大部分人是本省内短距离搬迁，也有 16.6 万人需要外迁，搬移至上海、江苏、浙江、福建等东部省市。来到上海的 5000 多人被分散安排到崇明、奉贤、金山等郊区。一般每个村插上三四户移民，安置在一个村的移民通常带有亲戚关系。除了金钱补助外，每户分配一亩水田，一分旱地，同时政府也承诺，给每家安排一个劳动岗位。

“当初可迁到外地的人都是通过摸彩决定去哪个城市的。三四家人家派个代表去摸彩。移民前，政府也派代表去要去的那些地方考察过。我老公的哥哥就先去崇明考察了。他回来后说 OK，我们一家十几个人就来上海了。”

到了崇明后，吴美芳的丈夫在乡政府当保安，拿的是上海市的基本工资，2003 年的时候是 500 块左右，这是政府给移民户安排的工作。吴美芳一家将自己分到的田地租给当地人种了。刚过来时，儿子还小，一方面，要照顾孩子，另一方面，她与当地人语言不通，平时只和兄弟们来往，因此选择在家待业。

儿子上了幼儿园后，家里开支增加，她也渐渐熟悉当地的生活，便开始为自己张罗工作。她和嫂子在中兴镇路边卖过水果和烤肉串，卖水果时她和嫂子要轮流早起，去批发市场拿新鲜的货，“我们人有点懒，辛辛苦苦也没挣多少钱，还打搅小孩睡觉。”没干多久，她们就放弃了。后来，他们看着卖串的生意好，就买了辆推车去路边营生。她们提前去超市批发回肉串、鸡翅、年糕、臭豆腐，回家后放进冰柜。每天上午把小冰柜和推车带出来，临近中饭，放学时在初中门口卖，孩子们下课后生意很好。到了晚上，把小车推到街边，等公交车的，吃夜排挡的人也都会光顾。

说起“姐妹烧烤”，中兴镇的孩子们印象深刻，走出校门后闻到的阵阵食物香气，和撒上孜然的鸡皮脆骨都是他们美好的记忆片段。他们对卖烤串的吴美芳也有印象，他们说她“圆圆脸，笑眯眯”。

“卖烤串很自由，有事时我和大嫂可以轮流来，如果哪天风吹雨打人懒散了干脆就不去了。我们文化水平低，也干不了别的事。做些小本生意，能养家糊口就行了。”

吴美芳和嫂子推着这辆小车走了七八年，一直到城管开始驱逐这类非法经营者。

之后，吴美芳经人介绍去了一家塑料厂上班，这是一家当地的小型私企。每天工作 12 小时，早八到晚八，没有双休日，节假日工资翻倍，工资就是上海市的基本工资。她在这家厂子一直干到今天。

这些年来，吴美芳无论是和同事们，还是和本地人都相处得很融洽。在崇明多年，吴美芳已经可以听懂本地方言，虽然还是说不来几句，但与当地人的隔膜也大大减少了。在饮食习惯上，吴美芳一家人的日常餐桌上多了大白菜，猪脚汤这类本帮菜，但她们一家还是嗜辣，每隔几个月就要打上好几罐红油油的辣椒酱。她经常把辣椒酱分赠给村友同事们，村民们也会给他们捎些本地的盐齑。村里遇上葬礼时，吴美芳会像本地人那样随礼，按照崇明的丧俗，一个村里有人去世时，整个村子的人都应该到场，帮忙做些端盘子，洗菜等力所能及的事。吴美芳入乡随俗，表现得很勤快，可惜这些年里还没有当地人邀请过她参加婚礼。

最近一次参加婚礼，是 2017 年一位老乡家儿子的婚礼。那个老乡同她的夫家关系很好，在老家时是邻居，几乎天天走动。当年摸彩，那家人摸到了江苏省启东市。启东离崇明不远，崇启大桥通车后，两地车程只需要一个小时。吴美芳家和丈夫的哥哥家都有小轿车，往来便利。

老乡儿子结婚当天，吴美芳兴奋地发了十来条朋友圈，几乎记录下了整个过程：跨火盆，撒硬币，栽万年青树……中午在自己家请厨师烧饭，晚上在酒店举办了西式仪式，整个大厅摆上了三十多桌。

吴美芳结婚没几年就随夫家外迁，而娘家所处地海拔高于三期工程的 175 米水位线，没有征迁。十几年间，吴美芳只回过两次云阳，一次白事，一次红事。2007 年时，她的爷爷去世了。2010 年时，哥哥的儿子成家。她往来乘坐高速大巴，从云阳到上海全程 1500 多公里，需要 25 个小时。一个昼夜，大巴从长三角平原驶至川东北深丘地带，她说："坐了一天一夜，下车时腰酸胳膊疼。不过，能见到家人真是太开心了。"这些年间，吴美芳家里的房子经过翻修，泥地变成了水门汀地，赤裸裸的砖房贴上面砖，院子围墙，牲畜圈所，水井都焕然一新，经济条件已经有了很大的改善。

第二次回娘家时，她待了一个多月，特意去南溪镇参观游览。这是夫家以前的住所，她没住几年就搬迁了。这些年里，镇上变化很大，建起了供人休闲的新公园，道路也修葺一新。三峡工程四期蓄水后，南溪境内形成了一个25平方公里的大平湖，古镇高楼倒映在湖上，波光粼粼。自己以前的家，水市村一组，已经沉没在南溪湖底。

她的娘家人也来上海探望过她一回，父亲母亲、哥哥、妹妹、侄子、侄女，在崇明陪她度过春节。吴美芳领着他们去七浦路买衣服，去城隍庙看花灯，去东方明珠塔等地标性建筑前合影。在大年初一,一家人也像中兴镇本地人一样去广福寺烧香拜佛，祈求好运。娘家人来探望她的合影被她配上感恩的文字发在朋友圈里。照片中，父亲穿着一身黑色皮衣，母亲穿着红色棉袄，两人坐在电瓶车上，笑得合不拢嘴，侄子、侄女和儿子都已经长大成人，身高体型都已经超过了父母。吴美芳的朋友圈里想念父母的内容很多，但主要都是把那几张照片制作成各种相册重复发送，她每隔半月会和父母通一次电话，小辈在场时，也会视频聊天。

吴美芳的儿子马亮在三岁时就跟着大人来到了崇明岛，他说："我对移民前的事情是一点都不记得了。"除了不会说崇明话以外，这个"移二代"和本地的孩子没有任何差别。他成绩优秀，高中时担任班长一职，数理化等科目名列前茅。他在学校的辨识度很高。温度逼近 40 度时，他穿着一身白色短袖，温度降到个位数时，他还是那一身短袖。他仿佛十分钟爱那件短袖，连穿好多天都舍不得换。因为他的着装和移民身份，同学们对他有所猜测，以为他是家庭困难，买不起别的短袖。有同学忍不住问起那件短袖，他一笑而过，并没有给出理由，只是在之后开始注意更换衣物。除此之外，高三春游时，他曾带了一只烤鸭与一桶 1.5 升的雪碧，一个人在石桌上吃得津津有味。大家在私下议论他的这些表现，他听见了也只是一笑了之。

马亮现在就读于上海本地的一所 211 大学。作为一个“移二代”，他与母亲的娘家人并不熟悉，同父母的老乡们及其孩子的关系也比较疏远，老乡家的儿子结婚时也没有跟着去江苏。他说：“我跟他们不太熟。”他的性格不算内向，是班上的“马大哈”、开心果，但却一直游离于集体之外。

马亮上大学后，回家的次数少了很多，开始讲究“与父母相处的艺术”。吴美芳得意地说：“有一次母亲节，他送了我一朵玫瑰花。长这么大头一回。”她把那朵仿真花插在花瓶里，放在客厅茶几最显眼的位置上。

现在，吴美芳有着稳定的工作，生活安乐。她习惯下班后在手机软件上 K 两首歌，声称“每天吼几句神清气爽”，她也经常发自己的美颜自拍，像二十岁姑娘一般嘟嘴拍照。丈夫喜欢钓鱼，拎回来一大桶后，她把鱼收拾好后分给前后栋的兄弟们，兄弟们三天两头也会聚在一起吃饭。吴美芳的丈夫很喜欢植物，家里摆满了各种绿植，郁郁葱葱，长势喜人，冰箱上的绿萝垂至一米多长。

晚上 8 点钟，吴美芳下班，这时丈夫还在和邻居们搓麻将，她张罗点小菜，9 点后在客厅看一个小时电视剧。客厅的茶几上摆着各种零食蔬果，她从不亏待自己，“做人最重要的就是开心嘛”是她的口头禅。

中兴镇要打造成东滩旅游圈的一部分，有些土地被征收后改成商业用地，很多农村面临拆迁问题。有些村民不满意赔款，成了钉子户。看到这些情景，吴美芳想起多年前自家移民的情形，她回忆到：“那时不存在钉子户的问题，大家都很支持政府工程，舍小家，为大家。”

“舍小家，为大家”这六个字是当年挂在南溪镇的横幅，吴美芳记了十几年，十几万移民用自身行动把这六个字贯彻到底。

虽然吴美芳很想念云阳老家，但她很庆幸自己当年选择搬迁至上海，她说：“两地的经济差距还是挺大的，在这边孩子高考更方便。”

个人命运是时代的缩影，唯有那些宝贵的记忆和乡愁，值得我们怀念。

（文中人名均为化名）

（文 / 薛佳洁）

Chapter Ⅳ

放

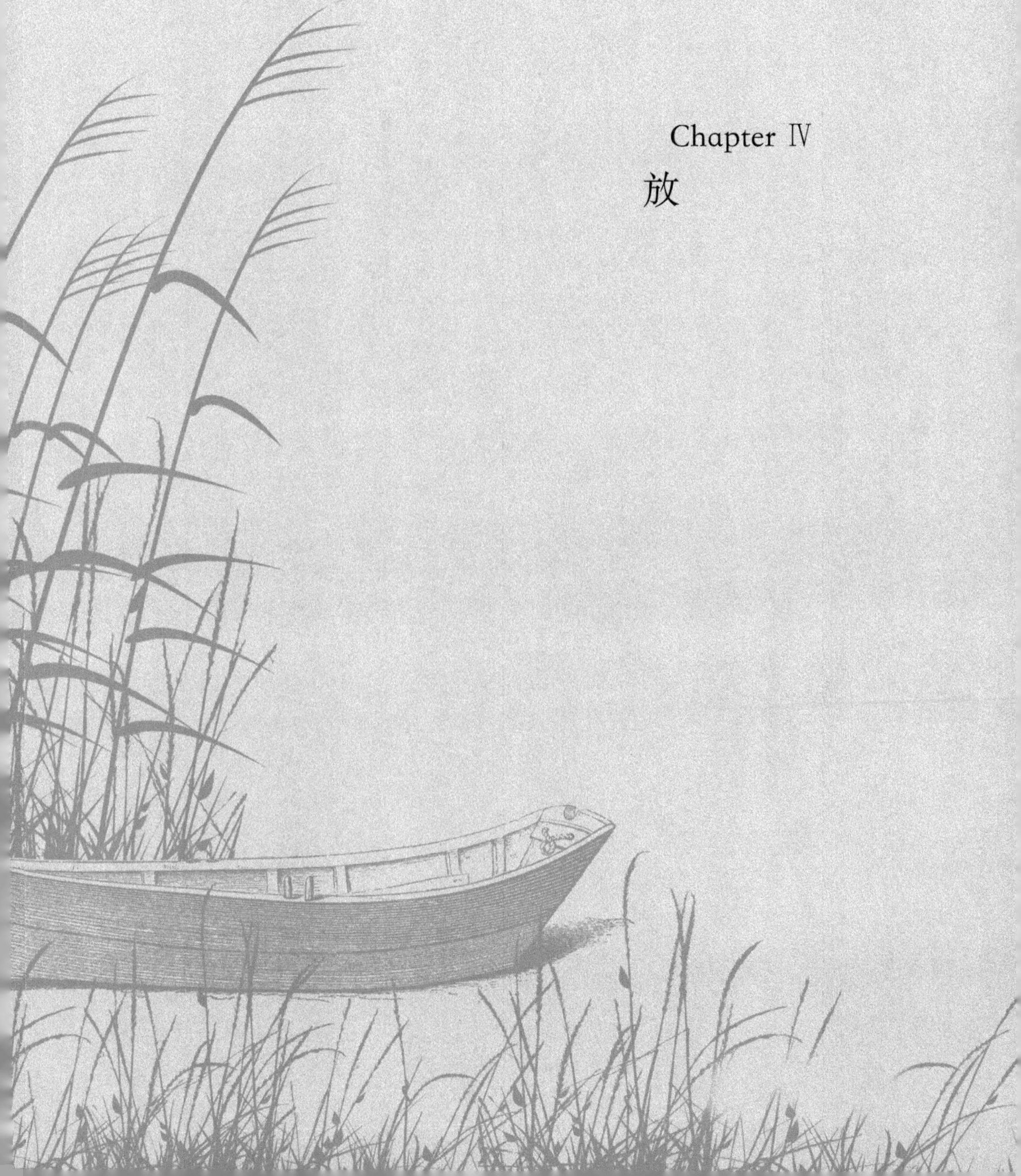

中国老兵李志强

5月的广州，日头猛烈，李志强提着装满文件的黑色公文包，站在繁华的北京路与西湖路的交界路口，来回踱步，左右张望，他在等一个人。

他已经六十六岁了，精神矍铄，在广州民政局上班，每日正午穿越周围行色匆匆的都市年轻人，一个人在广场吃饭，一个人踏上归程。回忆前半生，他有时会转头对着空气沉默一会儿，回过神时，关切地问起："同学们入党的积极性高吗？"

少年

1952年，李志强出生于一个农村，地处湖南长沙北面的丘陵地区，山梁因农田的铺展而苍翠。刚落地时，他就患上吸入性肺炎，家中拮据，患肺痨病的父亲为了省钱拒绝就医，在李志强六个月大时离开人世，没有留下一张照片。

父亲离开之后，母亲和李铁庚将李志强拉扯大。李铁庚是他同父异母的哥哥，比他大17岁，一直在北京工作，李志强喊他"铁哥”。1958 年，李铁庚从北京回来看望母亲和李志强，正逢长沙刮“共产风”，村中正在筹办公共食堂，集体吃大锅饭，家中没有好的饭菜可以招待风尘仆仆归家的他。李志强至今记得，母亲特地在碗底藏了一个荷包蛋留给哥哥，哥哥又把它夹给了六岁的自己。

那是 20 世纪 60 年代初，生活困难。李志强曾连续数日只吃谷糠磨粉做成的粑粑，小时候走在路上，因为太饿，常常两腿一软，就摔倒在地上。铁哥将省下来的面粉寄回家，母亲做成甜的馒头和窝窝头，李志强至今难忘。

1966 年秋天，正在长沙县里的中学念初中二年级的李志强收拾好包袱，和几个要好的同窗一起离开学校，登上了前往北京的火车。夜幕降临，他揣着兜里的地址纸条，一个人去投奔铁哥。

当天夜里，想到八年未见，李铁庚和弟弟睡在同一张床上，彻夜未眠。他们谈论中国正在发生的一切，李志强懵懂而好奇。第二天，李铁庚带着李志强去北京照相馆合影留念，招待他吃上了鱼肉，但长期节食的后果是，吃得太好，肠胃不适，李志强头晕了。

2004 年，哥哥李铁庚因患肝癌晚期逝世。李志强常常凭空想象父亲的模样，直至母亲辞世，他在父母合葬的墓碑遗像旁补绘了父亲的画像。而长沙老家的良田与清溪，也因征地开发，渐渐消失。

入伍

从中学辍学后，在 1971 年初，李志强应征入伍，被分配在广州军区某步兵团特务连当兵。参军最初的机缘，是少年时代对读书的痴迷。幼时，他曾经从家中的抽屉里偷来一把老式长方形铜锁，只为交换邻家胡三哥的一本《两狼山》，至此，便着迷于舍身为国的想象之中。

在新兵集训期间，排长要求每人上交一篇学习毛主席著作的读后感，并在交流会上发言。有了少时的阅读基础，李志强写《为人民服务》的读后感时，得心应手。当兵三个月，他便被团政治处副主任唐继明调到报道组，在后来二十多年的军旅生涯里，职务从战士、排级干部到团级干部，他都没有离开过一支笔。

尽管在那时，李志强真正的梦想是当一名画家。

中学辍学当兵，部队生活对他来说，并不轻松。趁着军事训练中的休息时间，李志强常常拿出纸笔对着战友或场景进行素描写生。没过多久，在一次班务会上，他遭到了班长的批评。政治处副主任唐继明找他谈话，提醒他："部队既要拿枪杆子苦练杀敌本领，也要拿笔杆子总结经验，反映成绩。"

从那一天起，李志强便弃了他的画家梦。拿起笔后，纸上流连的仅剩部队生活和政治教育中的总结经验。

当时的团政治处报道组加上李志强共有五人。他们围坐在办公桌前，根据军区和政治机关布置下来的新闻宣传提纲，讨论要写的新闻报道，采访成稿后用深蓝色的复写纸垫在方格纸下进行复制誊写，装订后邮寄到不同军地媒体单位。李志强的稿件却常常石沉大海。

“两眼一睁，忙到熄灯”，是在基层连队中广为流传的一句话。李志强独自跑基层，找干部采访，稿量指标的背后是压力。他写了一篇《共产党员的宽阔胸怀》，组里的班长私下对他说：“宽阔胸怀不是无产阶级的语言，是资产阶级的语言。”李志强顿时不抱希望，两个月后，这篇稿子见报了，他松了一口气。

同事将广州军区的《战士报》递给李志强的那一天，他还记得是1972年6月4日。

到了20世纪80年代初，他开始写部队生活的诗歌散文。当时包产到户已经三年了，家家户户的人口发生了变化，各家承包集体的田地却维持着原来的情况，贫富分化的问题开始蔓延。李志强以此为题材写了一篇小说《落月田》，投给了几家文学刊物，却杳无音信。后来他找到了军区政治部创作组的梁信，多次登门请教，修改数次，再次寄出。

在1982年的文学刊物《作品》杂志第12期上，梁信老人写道：“这是一位战士的习作。当然不是成熟的作品。但五千字，围绕一件农家小事写出，至少可透视一个山村三十年的兴衰轮廓，也算可贵了。”

李志强和梁信由此成了亦师亦友的忘年交。命运顺水推舟，2018年，66岁的李志强已经是广东省作家协会的一名成员，谈起这一切，他并不觉得命运让他做了这个阴差阳错的选择。

作战

而在长沙老家这边，儿子到南方当兵后，报平安的书信便成了李志强母亲在生活中唯一的盼望与念想，孩子的平安，是一切。

1979年，李志强参加对越自卫反击作战，家书中断了两个月。母亲日夜揪心，请人写信打探，得到的回复都是不知情，当晚一夜未眠，双眼红肿，血压飙升，倒在了长沙老家屋前的桂花树下，被邻居发现送进了卫生院。

作战结束后，李志强驻守在边境，赶紧写信寄回家，母亲好了起来。多年以后，无论是出差还是旅游，他养成了一个习惯，每次抵达目的地都会打电话给母亲报平安。

每当清明，他会翻看那些老旧的照片，回忆1979年他背着枪杆的那些日子。当年2月17日的凌晨，李志强所在的解放军某团从水口关左侧开始突破越军的前沿阵地，打开了通往越南高平市的门。2月20日，越军掘开水库放水，淹没了被解放军占领的公路，后勤物资供应不上，李志强当时协助后勤部门为前线官兵运送粮食。

二营前卫连的六连推进到果冈山区，受到公路两侧山崖的越军狙击，多名战士中弹负伤。当时军队里年仅21岁的卫生员兰延春背着药包冲过战场，为战友包扎，先后帮助了六位负伤人员，而后中弹身亡。李志强是兰延春牺牲事迹的目击者，也是记录者。

他对家国的一切笃定，也从那一天起生了根。在那个时代，在那个环境，提起自己的角色，李志强只是感慨，“环境使然，不足为道。”

结婚

在漫长的军旅生涯之外，携手多年的老伴是李志强的念想。

1982 年，李志强在广州军区某部任职干事，三十而立，还未谈婚论嫁。他不愿意在驻地找对象，怕生活习性不合适，最主要的是，一直通过书信和长沙老家的表妹有联系。

恰逢国家颁布新婚姻法，直系血亲和三代以内的旁系血亲禁止结婚。即便已经到了谈婚论嫁的当口，双方家庭都认可，李志强本准备当完兵便回长沙老家，也只能选择和表妹分手。

在他心灰意冷之际，广州军区的战友钟队长给他介绍了营区附近的姑娘，名叫桂英，对方一心想找军人结婚。当时牵线搭桥的人居住在广州共和路旧铁路边，后来因城市改造、铁路改道而各自搬迁。三十多年后再次重聚，他们回忆起往事，那时一来二去，桂英觉得李志强憨厚踏实，二人便结婚了。

婚后生活并非一帆风顺，柴米油盐中也常有磕绊和危机。几年后，部队间流传一条消息：地方政府为缓解军转干部安置压力，决定改变军官转业安置到驻地城市的条件，由原来的在驻本市部队工作 8 年提高到 15 年。在这个情况下，如果李志强在达到新条件前就被组织安排转业，就得回到长沙老家的农村了，他和妻子商量，得到的是对方永远跟随的承诺，他感动不已。

2007 年的冬天，李志强深夜加班赶写材料，突然中风，面临后半生半身偏瘫的可能。桂英不离不弃，日夜照料，两个月后李志强化险为夷。十年后，他和桂英一起去电影院看 2017 年末上映的《芳华》，二人觉得在光影中，看到了自己岁月的相似痕迹。

转业

那时离开部队，已经是 1992 年了，李志强转业到广州市民政局工作。

地处对外开放前沿，上级要求 50 岁以下的公务员学习英语。李志强明白，只懂英文三个字母的他，只能蒙混过关，恰逢广州市委办公厅下发要求，要在干部中确定一名英语发言人到电视台介绍民政工作，任务落在了他身上。

从初中辍学以后，二十多来他一直不曾再接触过英语，不惑之年的他，重新开始学习起来。

他也关心政府针对抗战老兵的新公文。下班那一天，他和小区里已有 90 岁高龄的门卫老人聊家常，问他的过去，得知其 1941 年曾经参加过国民革命军，南京解放时又加入人民解放军，1949 年全国解放，老人因思乡而申请退伍，如今全家只能靠数千元度日。李志强便主动帮他办低保证与廉租房申请。

每天，66 岁的李志强，乘坐着广州地铁一号线，在家与工作单位之间往返，两点一线。

家里养了一条狗，剩余的时间，他则喜欢写诗。“凌云志，犹未毕。中国梦，又翔起。创家国辉煌，复兴奇迹。畅赏婵娟千里共，追怀家国沧桑历。续传承、一片赤子心，奉微力。”剪报、获奖证书和稿费单据，他都会分享在朋友圈中，文学是他最长的梦。

他还在继续写，继续工作，为转业军官，也为自己。

“时代变了。”天色晚了，在北京路，他静静地看窗外来往的行人，谈起往昔，面容从未沉重过，恍如一切不过是历史使然。在浪潮里的人，浪到哪儿，人便到哪儿。

（文 / 林芯芯）

一条红旗渠铭记一辈子

当李改云向我们展示她的残腿时，在场的所有人一片唏嘘，无不被那触目惊心的伤疤震慑住。一道狭长狰狞的伤疤连着另一道差不多一样大的伤疤几乎占据了半条小腿，表皮大面积的坑坑洼洼让人对眼前这位瘦弱平凡的老人家由衷感到深深的敬佩。

如果单从李改云矮小普通的外表来看，估计没有人可以认出，她就是当年带领大家远赴山西开凿太行山的第一营妇女营长。也没有人可以想到，她的名字曾被用来命名里红旗渠上的一座桥。

在别人看来，如今 82 岁的李改云是一位受人尊敬、名满天下的特等劳动模范。然而却很少人注意到，自那次英勇救人后，正值二十多岁大好年华的她又是如何带着一条残腿活到今天呢？光芒背后的泪水、辛酸与痛苦，又有多少人能真正体会到？

而李改云所生活的城市——林州，它的发展脉络与李改云的人生错综交织，林州最终发展成为今天的“国际生态休闲示范城市”，也是千千万万个“李改云式”的人们共同创造的。

四处宣讲红旗渠精神

在河南、山西、河北三省交界处，有个叫林州（原名林县）的地方，那里常年干旱缺水，百姓缺衣少食。在20世纪50年代末，县委书记带领林州人民劈山凿渠，依太行山腰修建起全长70.6公里、纵贯祖国南北的“人工天河”——红旗渠，以将山西浊漳河的水引到林州。

这项“引漳入林”工程改变了林州人民的贫困生活，成就了今天的林州。而李改云正是当年千千万万个参与红旗渠修建工程的林州人之一。

如今，李改云已经82岁了，平凡的长相、干瘪的脸蛋、瘦弱的身子，和广大普普通通的河南百姓没什么差别。本就不高的她，因为那条残腿而不得不柱上拐杖，一瘸一拐的背影更让人觉得李改云的背影单薄。

然而，正是这样一位不起眼的老人家，屡屡被人邀请到红旗渠精神传承教育学院的座谈会上宣讲，所讲之处常常座无虚席。

李改云说，她曾是红旗渠修建工程的一把好手，但自从因救人落下终身残疾后，她便不得不离开红旗渠工程的第一战线。从此，她就一直致力于宣讲红旗渠精神，曾多次到林州市的机关、厂矿、学校讲述她修建红旗渠的过往。

当问及自己行走不便却仍四处奔走的原因时，李改云笑了笑说：

“当年我才 24 岁，却无法再回到红旗渠工地工作，我怎么能坐得住呢？只好将我的故事到处讲给大家听，这样大家才会更有动力去修建红旗渠啊！”

她看着我们，细缝般的眼睛里流露出明亮的光芒。她说当年自己最大的心愿就是将渠修好，不能辜负大家的期望，一定要把水成功引进林州。只有这样，林州的百姓们才能存活下去，也只有这样，林州才能真正发展起来，所以她愿意将全部的自己奉献给红旗渠。

1969 年，红旗渠工程最终竣工。而她的红旗渠奋斗征程却从未结束。直到今天，她依旧四处奔走宣讲弘扬红旗渠精神。

李改云抓着我的手说：“虽然红旗渠工程早就修建好了，可是当年无数为红旗渠奋斗牺牲的人们留下的精神却十分宝贵，是当代中国人民所极缺少的。所以很多人在听闻林州人民劈山凿河的事迹后，纷纷来找我去为他们讲红旗渠精神，这是好事啊，我当然积极去了。”

大概只有和李改云一样亲身经历过红旗渠的修建，真真正正是红旗渠精神的创始者与传承者的人，在心中挂念的才会都是人民，才能时时刻刻践行“自力更生、艰苦奋斗、团结协作、无私奉献”的红旗渠精神。

幼时险些被卖

1942 年，红旗渠还未修建，那时林州发生大灾荒，一点雨也不下，农地里长不出粮食，难得长出来的粮食又被蝗虫吃掉。到处一片荒凉，又赶上国民党催粮要款，交不了税，就要被追到家里打。百姓叫苦连天，实在无法生活的林州人不得不举家外逃。

当年的李改云才六七岁，她家里也早已没有吃的了，无奈之下，一直在外打工的父亲临时跑回来，打算带着母亲、她和弟弟一起跑到山西去。

“在跑去山西的路上，逃荒的人很多，路也不好走。在吃完身上带的干粮后，就好几天都找不到吃的了，要不到饭，一口水也没有。我们就只好一直走，一直走。”李改云回忆着自己幼时的生活。

一路上，她看见了很多小孩子饿着躺在路边。当时的小孩子都是自己一个人跑的，父母们完全顾不上孩子，孩子没力气了就任由他们躺在地上。李改云说到这里，看着我们笑了笑：“不像现在，你们都是被抱在怀里长大的。”

后来经过千辛万苦，李改云一家人才终于走到了山西省静乐县，可是当年的山西也同样面临着严重灾荒，他们在山西依然找不到吃的，但没办法，只好先找个地方勉强住了下来。

有一天，父亲突然拉着她的手，说要把她用五升粮食卖给一户人家当童养媳，只有这样她们才都能够存活下来。当时李改云哭着不走，弟弟拉着她的手也直哭，父亲就没再说话了。

不久，父亲领她来到了一户人家，在那里，李改云吃到了那阵子最美味的一餐——一碗稀饭。李改云跟我们说：“山西吃的都是莜麦，我们林县这儿吃的是小麦。当时我们已经好长一段时间没有吃东西了，吃的那点稀饭对我们来说真的太好喝了。”

可是当时的李改云并不知道父亲已经将自己卖给那户人家了，

直到母亲临走时对着她说：“你就在这儿吧，讨个活命，等将来有钱了，我们会再把你买回去的。”她便被留下来了。李改云在心里想着，即使有钱了父母也不一定会记得把自己买回去，她心里十分难过。

当时和李改云一样被卖过来的还有一个女孩子，她比李改云大，也比较懂事，就劝着李改云说：“别哭了，再哭人家就不让我们吃饭了，还要挨打。”她安慰李改云，“等以后我们长大了，我就带着你逃跑，先逃到我家，然后我再帮你去找你家”。

大女孩的话并没有安慰到李改云，反而使她坚定了逃跑的想法。“我那时就想啊，等到我们长大还要等多久，一定要现在就逃跑！不然我可能就再也回不去了。”

于是，在某个深夜里李改云从那户人家跑出来了。凭着自己的记忆，她兜兜转转地找到了父母。

她一看见母亲，就喊了一声：“娘！”母亲转过头来看见她，立马跑过来抱着她，问她怎么回来了。她父亲在屋里听到她回来了，连忙跑出来，很严厉地说：“人家待会就会来领你了。你这次被领回去，不要再往回跑了，等你长大了，我再拿东西跟人家把你换回来。”

可是李改云怎么说也不肯再跟别人走了，又哭又闹的。父亲无奈之下，只好和那户人家协商把李改云要了回来。

那时候，和李改云一起逃出来的女孩子共有七八个，到最后只有她一个人成功跑回来，其他人有的被卖到山区，有的饿死在半路了。

1952 年，全国解放了，林州也解放了，政府给每户人家都封了土地，鼓励逃荒的百姓回乡。父亲便打算带着李改云她们回去，他说：“再不回去，我们就真的没有家了。”

时隔十年再次踏上家乡的土地，那一刻李改云一家人的心情是激动万分的。他们买了些麦种开始种地，不久地里便长了很多麦子，他们重新过上安定的生活。

出征红旗渠工程建设大军

对李改云来说，回到家乡后的好日子并不长，没过多久，林州再次发生旱灾，家里种的麦苗都死了。母亲带着李改云去农地收麦，看着寥寥无几的麦穗，母亲哭了，李改云也哭了。母女俩在地里哭了大半天，母亲说：“咱们回去吧，到路边看看能不能捡点麦子回去。”

后来，旱灾频发，刚被调到林州的杨贵书记便带着乡亲父老们一起修些水库，可惜治标不治本，林州依旧时不时干旱，百姓们的生活无法安宁。

直到 1959 年，林州再次遇到前所未有的大干旱，境内的 4 条河流全部断流干涸，已经建成的水渠无水可引，水库也无水可蓄见了底，百姓们再次陷入水深火热之中。

以杨贵书记为首的林州县委召开会议，决定把山西省浊漳河的水引到林州来，发出了“重新安排林县河山”的号召。全林州人民积极响应，纷纷报名加入红旗渠工程修建队伍，光是修渠的第一天，就有 4 万多人浩浩荡荡地来到了工地，而李改云也是其中一员。

当时 24 岁的李改云已经是村里的高级社妇女主任。她自告奋勇提出要带队去修渠，大队支书嫌她年龄太小，可是她坚持说："我一定要去，我还要带着队把渠修好！"村委会便安排她和大队团支部书记一起带领大队 200 多名青壮年，出发前往山西省平顺县境内的渠首。

一路上，大家赶路赶得十分辛苦，夜里没有地方可以睡，有些人就睡在老百姓的院子里和打麦场上，有的人就睡在马棚里，李改云和三个妇女则分别睡在马棚的食槽内，喝着冷水，吃着干粮。

隔天下午，他们抵达修渠的任务点山西省平顺县境内的王家庄大队。修渠人员按部队编制，井湾等四个村的人被编制为姚村第一营，李改云担任第一营妇女营营长。她还组建了第一支女子修渠突击队——"刘胡兰突击队"，并任第一任"刘胡兰突击队"队长。她们每天要和男人们进行劳动比赛，看一看每一天谁的进度快，一个月内谁扛的小红旗多。

李改云去修渠前就在心里打定主意：一定要亲自把水带回去，这样林州人才能不用再受没水的苦了。这是她的愿望。她经常鼓励队员们说："咱们去修渠，一不怕苦，二不怕死！一定要大干、苦干！要拼命干！"

红旗渠是依太行山腰修建的河道，需用炸药炸开山体，靠大量人力挖出一条渠道出来。因此，抡锤、打钎、点炮、炸山便是李改云她们每天的工作，修渠时每天都会遇到各种各样的问题，站在山上干活时稍不留意就会滑倒受伤，甚至会掉进悬崖里摔死。

那时候李改云作为妇女营长，十分关心大家的生产、生活与休息。粮食太少了，她就想办法从树上摘下叶子作蔬菜炒给大家吃；女工们睡觉后，她挨个检查工棚，看谁没盖好被子就帮忙盖好；女工们上山干活时，石头上有一层薄薄的雪，很容易滑倒，女工们就跟在李改云后面，她走一步大家就跟一步，因此李改云深受大家的爱戴与称赞。

后来回想起那段时光，李改云感慨道，当时真的特别累，每天吃得少做得多，工作还极其危险，晚上睡得再晚第二天也是早早地起床干活。

救人受伤

1960 年 2 月 18 日，是李改云一生中最重要的日子。一般快歇工的时候，李改云就会到每个地方检查有无遗留的危险或问题，以保证 200 多名劳工的人身安全。这天，李改云照例到工地里检查工作。

一般情况下她检查完就直接走开，不会和别人打招呼，因为她觉得和别人打招呼的话，别人就得停下来，干活就会变慢，大家都有任务，她不想干扰到别人的工作。

当时她正好走到东岗镇附近的一个工段，那里的工作一般比较辛苦。她看见一个劳工正在吃力地撬开一块大石头，便打算帮他一把。

那时上面的土一直往下掉，她却没注意到，只顾干活。突然从上面掉了一块石头，一直滚到她的脚边，她仰头一看，才发现上面马上就要塌了。此时已经是十一点半，马上就该下工了，李改云就大喊着：“赶紧躲开，躲开！上面要塌了！”当时旁边的劳工们听到她的喊声就迅速跑到了安全地带。

但是16岁的女青年郭焕珍却被这突如其来的险情惊呆了，站在原地没反应过来，眼看石头就要砸到她头上。在这千钧一发之际，李改云一个箭步冲了上去，奋力将郭焕珍推开，自己却来不及跑开，被掉下来的石头掩埋了，失去了意识。

在场的劳工们被吓坏了，七手八脚地冲上去刨，好不容易把李改云挖出来时，她已经是一个血人了，右腿的小腿因为被压在最下面，伤得最严重，已经血肉模糊。

当她恢复意识时，发现自己已经躺在一个病房里，周围是点燃的煤油灯，劳工们把她送到了工地的临时医院里。

在那里，她迷迷糊糊听见了几个人在说：没见过这么严重的伤，如果要保住性命就得截肢了。

而当时的她只觉得呼吸十分困难，胸口好像压着一块大石板，一吸气就感觉压得慌。她想着也许动一动会好点，可是并没有，别人说的话她也听不清楚。那个时候，她就感觉自己可能快要死了。

后来她跟我们讲述自己受伤事迹的时候，手里一直把弄着一张纸，反反复复，折来折去，那张纸在整个采访过程中被揉得不成样。而她的语气也越来越低沉，声音小得我们差点听不见，仿佛她正在努力从自己八十多年的岁月里将那段回忆抽丝剥茧，然后将其一一展现在我们眼前。

那时候她才24岁，从没想过死亡，心里思绪万分，寻思着人快死的时候估计心里都像她这么难受。她一直反反复复地想着红旗渠，想着那些她带过来的200多个劳工，想着自己没法带着水回去了，越想越悲伤。

她看着旁边四个抬自己过来的劳工，对他们说："你们都回去吧，回去修渠吧，你们一定要把渠修好，把水带回去，我现在最大的遗憾就是我不能带着水回去了……"

在迷糊中，她的脑海里一直出现当初大队支书说她自己一个人带队行不通的场景，她的心里更加难受了，"老支书一直不让我去。我就跟他讲，我没事儿，我一定把渠修好，把水带回来，要是修不成我就不回来了。可是现在我却没能把水带回去，也没能带这群人回去……"她顿时感到痛心疾首。

一群医生来到了她的病房，查看她的右小腿伤势，边摇头边说："伤口这么深，都快伤到膝盖那里，十有八九要截肢了。"

林州县委听闻了李改云舍身救人的事迹，十分感动，在得知她伤势严重后，便专门派一架直升机到林州，把她接到郑州医治。

而意识仍不清醒的李改云只是觉得自己快死了，被送到郑州的大医院里时，她十分惊讶，看着来来往往的医生与护士都穿着白大褂，感到十分新奇，不久，她便再次昏睡过去。

医生们在仔细检查过李改云的右小腿后，也极力建议她截肢，林州县委书记杨贵听闻消息便打来电话，"绝对不能截肢，她才20多岁，截肢了以后还怎么生活啊？之前在林县都没截肢，好不容易接来郑州了，就更不能截肢了！"

医生们便只好为李改云进行割肉手术。手术中，李改云看到医生们端着个盘子，将她腿上的烂肉割下，然后用镊子将烂肉甩在盘子里……手术一直进行了十几个小时。

清理完烂肉后，医生们便将李改云其他地方较完好的肉尽量补到已经没有什么肉的伤口处，并为李改云进行植皮手术，将她大腿上的部分皮肤植到小腿处，可是可用的皮肤太少了。

医生们问李改云是否愿意接受别人捐皮，李改云立马拒绝。她亲身体验过自己的大腿皮肤被取皮刀切取下来的痛苦，她不愿意让别人为了她也经受这样痛不欲生的经历。医生无可奈何，只好等李改云的小腿自己长出皮肤。

经过了医生们的精心治疗，两年后，李改云顺利出院了。可是她的右小腿却留下了终身残疾，左右腿的长度不等，且右小腿并没有恢复得完好，而是留下了几块狭长而丑陋的伤疤。

继续发光

前往李改云家拜访当天，我们走向约定好的地点，四处观望寻找着这位传奇老人的身影，想着一定可以第一眼就认出她来。可是当那位在树底下拄着拐杖、矮小不起眼的老人家，向我们微笑地挥着手时，我们却迟迟不敢上前相认。

她拄着拐杖，一步一步往前慢慢走着，领着我们拐进巷子的尽头，来到一间小屋子，那是一间在河南再常见不过的土坯房。推开门，院子里种着丝瓜与蔬菜，一条小狗直冲着我们狂吠。

她领我们进了屋，屋内不大，不足二十平方米，光线有些昏暗，墙上贴满了她的奖状以及与领导人的合影，屋内家具还算齐全，茶几附近早已摆好了椅子。她忙招呼我们坐下，笑了笑，说："家里没咋收拾，别嫌弃啊。"手却一边颤抖得忙着收拾桌上的东西。

当我们问及她当年出院后的去向时，她遗憾地说："当年，我还在郑州住院的时候，书记来看我，我就跟他说我想回渠上去，我想回去继续修渠，可是我的腿不行了啊，别说修渠了，连正常走路都不行。书记就劝我，让我在图书馆里管事，也算是为林州做事了。我就去了图书馆当管理员。"

后来，为纪念李改云的英勇事迹，政府在红旗渠上她受伤的地方建了一座小桥，并以她的名字命名——"改云桥"。

她指着墙上的奖状说，那是在 1965 年举行的红旗渠总干渠通水典礼和 1969 年举行的三条干渠竣工通水典礼上颁发的，她看着那两张已经泛黄的奖状，叹了口气，很久都没说话。

1969 年红旗渠完工，林州终于迎来了水源，百姓们无不为之欢呼。李改云也从内心里感到高兴。

别人与红旗渠的故事随着红旗渠的竣工而结束，而她与红旗渠的故事却占据了她的整个人生。

24 岁的她带着那条残腿走上了宣讲会的讲台上，向无数渠线上的劳工们宣讲她的故事。

82 岁的她坐在红旗渠精神传承教育学院的讲堂里，向无数青年与学者讲述她的故事。

我问她，当初为什么要救那个女孩子呢？她笑了笑回答："之前也有好多记者一直问我这个问题，可我当时什么也没想，就直接扑上去了，就觉得她有危险，我要救她！”

在和她的整个采访中，我听到最多的一句话是“我要把水带回去”。82 岁的她一直念叨着，把水带回来，就好啦；只要林州有水喝，就好啦……

自红旗渠竣工后，林州在各方面发展迅猛。2015 年，林州市荣膺“国际生态休闲示范城市”称号；2016 年在“中国建筑之乡”改革与发展经验交流会上，林州被授予“中国建筑之乡”称号。

林州今天的成就离不开红旗渠工程，离不开当年无数个像李改云一样无私修渠的人。

（文 / 郑思妙）

身份在变　乡愁不变

在深圳罗湖关口的那条香港永久居民的队列里，我们可以明显地看到一个中年女人不停地重复着拿起来又放下这两个动作，中途还会低下头，在自己的斜挎着的包包里翻找着什么东西。有时候翻找的时间长了，队伍前方离她空出了一大段距离的时候，她还会用脚将两大袋东西一点一点往前挪。这两个大袋子装的是两只蒸得半熟的白切鸡，一些在淘宝上买的厨具，一些大陆购买的药材，等等。

张姐每个月至少会空出三天的时间进行“香港大陆两边走”的活动。她一般会选择在罗湖口岸过关，因为那里有直接回到东莞虎门的大巴车。东莞虎门，也就是她、丈夫和孩子们在大陆的家。

张姐一开始还不是一位香港公民。在 25 岁之前，她都是和普通大陆居民一样，在大陆出生，在大陆读书，在大陆生活。她也从未想过离开这熟悉的“大陆世界”。

而在她 25 岁之后，她成为一名香港居民。她不是因为嫁给了香港居民拿到香港身份证，而是因为她爬上了那艘从东莞虎门开往香港口岸的狮子洋轮船。她爬上去船的那一刻改变的不只是她的命运，改变的还有她腹中孩子的命运。

张姐一共有三个孩子，他们都是在香港出生的，但他们都在大陆长大，在大陆读书生活，在大陆工作。他们表示，只有暑假寒假的时间才会在香港常住，因为需要做兼职来减轻家里的负担。但对他们来说，东莞虎门才是他们真正的家，香港更像是一个他们一家人暂时的栖居地。

平凡的大陆生活

她出生于广东省肇庆市封开县的一个小镇子上。张姐的父亲有五个孩子，一个男孩，四个女孩；而她是家里的第四个孩子。尽管她的父亲当时是镇子上政府机关的一个小干部，但也没有能力让五个孩子都读上大学。有时候，吃不饱也是家中常有的事。

他们一家七口住在单位分配的房子。那是一间位于水泥厂旁边的房子，房子只有两间房间，客厅和厨房是合并在一起，总体来说不大不小，但七个人住也是刚刚好的。夏天晚上的天气总是很热的，她和兄弟姐妹会跑到天台上，用凉席铺在地上，一起聊天，聊着聊着就会睡着。

在张姐的记忆里，自己和其他乡镇上的同龄人一样，还是一名小学生的时候，就要开始帮家里放牛。有时候姐姐和哥哥都要到镇子外面的地方上高中时，自己还要煮家里人的饭菜，洗全家的衣服也经常有的事。高中毕业两年后，因为家里没有多余的钱可以支持张姐读大学，张姐就去了离家乡比较远的地方开始自己的“打工仔”的生活。

“当时出去打工，父母都挺支持的。因为在我们那个乡下小镇，高中毕业的女孩子一般不是出去外面打工就是留在乡下嫁人。因为女孩子啊，父母不会留太多钱在你身上了的。我也不想那么快就嫁人，那只能选择出去打工了。”张姐漫不经心地说，说完还苦笑了一下。

张姐的第一份工作是在镇上的一家纺织厂当帮手，当时同去的还有她的一帮同样因为家庭经济能力有限而无法读大学的同学。这群同去打工的青年以女生为主，男生居少。

“女生在纺织厂的工作大概就是用纺织机缝补衣服，男生大概就是搬一下货。我们镇子不大，街里街外都认识，所以这打工也不算真正的打工吧。”张姐将双手合十，用手肘撑在桌子上，时不时还会将左右手的手指相互交叉。

但张姐没能在纺织厂工作很久。当时纺织厂面临倒闭，她和当时一起工作的同学开始各奔东西。20 世纪 80 年代的开封县，极少人家家里有安置单车，镇子上的孩子上下学或者是到外面远一些的地方都是以走路为主，因此镇上的孩子们很少有机会到外面的城市看看。

张姐意识到，自己的世界太局限了，怀着一腔年轻人的热血，她决定到外打工，她到外面的第一个城市就是离家不远的肇庆市。乡村的女孩子一般都会在家里干家务活，帮忙做饭洗碗，到外打工的第一份工作通常也是餐饮类；她也不例外，她的第一个工作就是在当地的餐饮店当了一名普通的服务员。

“当时主要工作就是下单、送一下菜和洗一下碗。我也不会觉得说太苦了，因为这都是平时在家里干的事。餐馆的老板娘对我们这些刚出来打工的也很好，伙食也很好。”

在肇庆市待了一年的张姐，次年就去了离家 5 小时车程的东莞市。90 年代的肇庆市虽然是市级，但相比于同是市级的东莞，却是相对落后的。当时东莞在广东还不是很出名，但已被那些有着创业想法的打工仔们称为“创业宝地”。张姐到了东莞之后，选择在东莞所管辖的一个镇子——虎门镇落脚。

“虎门啊，刚到东莞时听说最有名的就是虎门了，因为那里有一个林则徐博物馆、炮台等很多旅游景点；我就觉着应该人流量很大，会最先发展起来吧。”

张姐到虎门找的第一份工作是在一家“太平酒店”做前台接待员。当时，太平酒店是虎门最高级的酒店，颇多旅客会选择入住。张姐平时的工作大概就是在前台接待客人，帮助客人登记入住，偶尔还会换岗，整理酒店房间。

在太平酒店工作了两年的张姐遇到了一群和自己一样到处打工的女孩，当中就有她一生的好友，阿玲。

“阿玲是我当时最要好的朋友。我是肇庆人，而她是东莞虎门本地人。我们两个都是读到高中就出来工作了，所以想法、相处方式都非常投机。

同时，我也很佩服她的勇气。她很喜欢唱粤剧，休息的时候可以听到她哼两句。她在一次在粤剧迷的聚会上，认识了一个男生；后来两个人都放弃自己的工作去虎门公园那边摆摊唱粤剧了。说起来，他们两个也算是天生一对了，现在还在一起。”

因为张姐想在虎门这个地方生活下去，所以当时的心思都放在打工争取升职上；而自己的婚恋则久久没有着落。好友阿玲看到张姐久久没有打算，就想要把自己丈夫的叔叔介绍给张姐。

“当时，我觉得很生气的，想着为什么要把叔叔辈的介绍给我。后来看到照片，我才知道这只是辈分，其实年纪和我差不多。”张姐不好意思地笑道。“阿玲和我说，这个‘叔叔’是香港人。虽然很开心可以去约会，可还是会担心自己会和他有一定的差距，毕竟我只是一个从乡下来的打工妹。”

那位“叔叔”，后来成为张姐的丈夫。据他回忆，第一次约会是在一个西餐厅，那也是他们第一次见面，在这之前他们都不知道对方的样子。张姐虽然对这次约会是否能成功不抱太大的希望，但还是早早地前去赴约。

在两个人聊天时，“叔叔”察觉到张姐总是看着他旁边的方向回答着他的问题。等到张姐想要拿起水时，两人都抓空了，两人都笑了起来。“叔叔”发现了张姐的“秘密”，张姐有高度近视，平时工作都是戴着眼镜，但到约会这天，张姐想让自己看起来更加得体，因此就没有戴眼镜了。

张姐在后来和“叔叔”的聊天中，才知道他也是农村孩子，只是后来去了香港。在相处过程中，她也觉得“叔叔”并没有想象中难相处。在阿玲的撮合下，两个人的相处机会也多了起来，后来顺其自然地在虎门当地领了结婚证。

“当时家里对我们两个算是一半支持，一半不支持吧。因为当时香港还没有回归，他们担心我适应不了香港的生活。毕竟当时我的文化水平只有高中水平，而香港是国际大都市。但可能是我先生打动了我家人，他们最后还是放心让我嫁过去了。”

香港大陆两地跑

在之后的香港生活中，张姐开始学习香港的交流方式，长期的交流对话慢慢改变她带有肇庆口音的粤语，也学习着输入讯息的五笔输入法、看和写繁体字，这对张姐来说都充满了挑战。张姐的孩子也如愿读上当地的公立幼儿园，接受着中英双语教育。

如今，张姐已经是三个孩子的母亲。此前，因张姐先生回内地工作，全家回到了内地生活，儿女们后来接受是大陆教育。

“当时想要孩子接受香港教育，是因为那时大陆的发展没有香港好，哪里好就想要孩子去哪里。后来孩子们又回大陆接受教育，我也没有很失望，因为后来大陆发展也很快，特别是东莞，所以我们选择了回到东莞。不管孩子以后是在香港还是在大陆发展，这两个地方都是属于中国的，身份区别不大。加上现在大湾区发展快速。”

相对而言，张姐更倾向生活在大陆。因为她本身在大陆出生、长大、生活了很长时间，她认为香港只是一个临时栖息地，只是为了生存问题。

张姐的孩子们也更喜欢大陆，因为现在大陆支付宝、微信发展迅速，香港还没能跟上这样的步伐。他们在大陆生活这么长时间后，更愿意接受这样快速便捷的生活方式。

虽然现在张姐还是时常香港大陆两边跑，不像其他人一直安定在一处，但她依旧没有后悔当初爬上船，毕竟，她很享受现在拥有的一切。

（文中人名均为化名）

（文／叶美希）

时代的“见证者”

“我们那时候一元钱可以买一帽子的糖，穿到一双白布鞋都会高兴一整年……”当她在讲这件事情时候声音突然有点哽咽，在视频中她的视线始终不在我的身上。

说完后她就慢慢看向我，嘴角微微向上。她就是在西藏数百万老人中见证新中国成立70周年和西藏民主改革开放60周年的老人之一。

她叫嘉措，2019年已经83岁高龄，她出生在拉萨的一个偏僻的乡村，在西藏民主改革之前，藏区实行的是农奴制。从当时社会环境而言，奶奶家庭环境虽不富裕但也算不上贫困，但是像奶奶这样家境的也需要去给别人做苦工，同时在自己家里也会雇佣。那上学的事情呢？“我因为当时家境还可以，所以上过学，在当时的情况下让女孩子上学是一件很难的事情，可我父母坚持让我上学，因此一直上到了小学毕业。”我奶奶是这样描述上学的事情的，她在后面小声补充道女孩到了十二岁需要去给贵族干活，奶奶说："其实我的学习成绩还很不错的，老师还夸过我很多次。"她在淡淡的笑声和某种无奈中讲述了这件事，同样视线一直不在我的身上，转过去将近三十秒后又对着我笑。就这样到了她人生中至关重要的十八岁，她嫁给了我的爷爷。在那个年代，父母之命，媒妁之言——婚姻向来如此。好在我奶奶自嫁过来之后就一直敬佩着爷爷，两人一起奋斗大半辈子，也没有发生过很大的争吵。"一直平平淡淡的，没有过多的惊喜，也没有承受过极大的打击"，这是奶奶对自己这一半辈子的总结。

奶奶和爷爷在西藏民主改革之前生活不算很好，再加上紧接着生了姑姑，他们的第一个孩子，除了产后休息一个月以外，爷爷照样要去干活，而奶奶需要每天背着姑姑去干活，到了中午就放在阴凉的地方，有时候活多的时候都顾不上孩子，听到孩子一直在哭，也只能继续埋头苦干。每天都过着像交差一样的生活，除了贵族以外是没有土地的，到了丰收的季节，贵族都会发一点粮食补给的，但是哪怕省吃俭用也是不够吃一年的。"你爷爷在这个家里一直不容易，每当粮食快用完的时候就会骑着马找亲戚帮忙，当时的人们比较热心，本身你爷爷的性子比较好，再加上平常待人不错，所以每次回家的时候都会带不少的粮食回家。"奶奶每次讲起爷爷的事的时候，视线始终不在屏幕前，而会侧着讲，并且在讲的时候语速会比平常的语速慢半拍。

1959年西藏民主改革开放，农民有了土地使用权。"西藏民主改革开放后令我印象最深的就是修马路，当时有一个修马路的队，他们的房子就在我们家附近，他们几乎每天晚上很晚很晚回来，爷爷也就跟着他们一起干一些打杂的活，生活也就慢慢恢复正常了。”奶奶口中的正常水平就是吃饱，穿暖，奶奶说她很喜欢干活，也许是因为早期的农奴制有关，奶奶从小就干活很有劲道。奶奶还自豪地说在那里一直有很多人会夸奶奶能干，说爷爷有福气。这时奶奶的嘴角微微向上。

“我们的房子在一个水池的中心，每天早上起得最早的人要把木板架过去，到了晚上还要把木板收回来。”奶奶讲这种设计也是为了防小偷。爷爷每天跟修马路的队在一起干活，他们每天都会很晚回来，有时候都顾不上吃饭，所以奶奶每天晚上都会把饭按照部队的量来煮，在煮饭等他们的过程中都会诵经祈福。西藏的月光格外亮，奶奶一个人围着一个很大的锅看火，口里念着经，时不时地走到门口看一眼，有时候念着经突然听到一点动静就马上先听一听，再过去看一眼是不是爷爷他们回来了，确定是他们回来了就又会有点惊慌失措，奶奶还笑着讲到，有一次她直接拿着勺子就去架木板，等反应过来的时候爷爷他们早已在对岸，就这样奶奶每天等着爷爷回家，而她的孩子们每天都会早早地睡觉。

若干年后他们有了第二个孩子，爷爷有点重男轻女，所以格外地喜欢他的儿子，大女儿每天在家里做一些针线，跟着奶奶学习各种各样的女孩子必须会的轻活，而我叔叔作为二儿子除了上学就是每天跟着爷爷去各地干活或是卖东西。尽管西藏民主改革开放，但是旧的观念没法在一瞬间全部清除。从一个深受农奴制的经历过旧社会的人，观念只能是一点一点地改变，也绝非一瞬间的事情。也因为在他们的脑海里没有彻底清除旧社会留下来的观念，因此，我姑姑从来没有上过学，视频时姑姑在奶奶旁边，奶奶看向姑姑愧疚地讲："现在想想还真觉得的有点对不起她的，作为长姐处处都会让着弟弟，也从来没有抱怨过。"懂事的孩子往往最容易被忽略。奶奶讲到她的第二个儿子生的那段时间她们的家搬到了山上。

"山上的那个家的梯子很高，我的几个儿子喜欢在梯子上玩，每次都会从梯子上摔下来，但是一直也不说疼，过了几天又会跑过去玩。"讲到这里奶奶叹了很长的一口气，沉默了一会儿又说"大概过了两年紧接着又生了两个儿子，孩子一多，家里的困难加重，但是像当年我的妈妈一样，坚持让他们都去读书。"奶奶欣慰地笑了笑，突然又有点愧疚地看了看姑姑，然后慢慢地把头转过来看向视频。奶奶有一个妹妹和一个弟弟，搬到山上的时候三个家是住在一起的，主卧不同，但是只有一个通用的院子，奶奶欣慰地说："当时有些人被分到了一些不同的地区去干活，但是我们三家一直特别的幸福，当我顾不上孩子的时候，都是我妹妹在帮我照看。"奶奶幽默地调侃道："我当时是出了名的好看，你爷爷上辈子肯定是修了三十福分。"奶奶回忆起这些事时笑得很暖心，然后又忧心地说："把家搬到山上最大的问题就是水源，因为当时并没有水龙头，所以只能到江边去打水，来回可能需要不到一小时，特别麻烦，家里人又多，用水的地方特别多。可是当时孩子又小，你爷爷又要去外面打工。"奶奶在这期间过得很辛苦。

可是，每当讲到她的孩子她总是嘴角向上扬起，"二儿子在上学期间总是不按时去上课，每次都会从家里拿零食说是去上学，然后就在田野里睡觉，等到看到其他人回来然后就跟他们一起回来，小时候太不让人省心了。”嘴上虽说着不省心，但是讲这些事情的时候一直都是笑着的状态，可是他们的学只上到了小学毕业，后来还是因为家庭经济原因没法读书，所以他们在很小的年纪就已经出去打拼了。“我们有个亲戚家里条件不错，但是他俩一直没有孩子，想接济我们的一个儿子，但是我们不愿意，总觉得不好，现在想想还是觉得当时如果答应了，他可能比现在活得更加幸福，更加无忧无虑。”奶奶一直觉得对不起自己的儿子，并且觉得是自己断送了儿子的前程，在视频面前低头不语地待了片刻。

后来他们把房子搬到了山脚下。搬到山脚下后爷爷买了一辆自行车，方便各种事情的安排和处理。奶奶很喜欢讲爷爷的事情，她欣喜若狂地说：“你爷爷虽说是重男轻女，但是因为家里也只有一个女生，而且我们一直觉得有点亏待她，所以爷爷每次去拉萨采购的时候都会给你姑姑买衣服，记得有一次，你爷爷骑着单车从远处回来，你姑姑高兴地追过去，你爷爷给她买了一双白布鞋，你姑姑竟每天都抱着它睡觉。”

日子平平淡淡过着。儿女在外打拼，奶奶和爷爷在家里一个主内一个主外，配合地十分默契。奶奶讲到一年四季辛苦劳作，在春天，爷爷去耕田，奶奶送饭，顺便帮一些小忙；在夏天，爷爷在院里乘凉，奶奶做着一些甜点，在西藏由于民主改革开放后每家每户都发放了牛羊，所以几乎每家每户都会制作酸奶。到了秋天，照样爷爷去田里，奶奶还会做着饭；冬天对于农民来说是最舒服的一个季节，在这个季节就不会有很重要的事情需要做，所以一般是在家里喝着酥油茶念经或是聊聊天。在问及大概是什么时候接触电视的时候，奶奶说："我不太记得是哪一年，但当时已经有了拖拉机，有一次啊，你爷爷拉着拖拉机，里面放着一个正方体的物体，而且当时被一个红色的布遮着，那就是第一次接触电视，当时还是那种接天线的，并且只有两个台。"她笑着，继续说："以前在跟护路队在一起的时候，村里会放一些投影的电影，但是我没有去看，我当时虽然很好奇，但是一直留在了家里，你爷爷每次回来都会讲给我听的。"奶奶幸福地露出了微笑。

奶奶有点欣慰地说："记得有次啊，电视机坏了，家里请不起维修的师傅，所以你爷爷就开着拖拉机到乡里去修电视机，那时候的电视机很笨重，需要好几个人一起抬过去才能搬得动。"但是买电视机的并不多，因为以前都没有见过，所以大家谁也不愿意第一个去买，生怕被人骗，就这样爷爷买了第一台，但随着观念的改变与家庭经济的富裕，大家都开始买起了电视机，每一天都重复播放着西藏电视台的节目。"那时候会有许多的公事，每次大家聚到一起的时候都会讨论昨晚电视剧的情节，很多人还会一直猜测今晚的剧情的走向，那时候很有意思的，还是挺幸福的。"时代的发展和进步步伐太快，就开始慢慢出现了有线电视、无线电视机以及现在的液晶电视机和智能电视机。奶娘讲到时代的发展太快，有时候回忆起以前的事情的还觉得有点不可思议，因为在这70年里发生了太多让她觉得新奇的事情和匪夷所思的事情。

奶奶是一个对新奇的东西感到好奇的人，她在慢慢地消化新时代送给她的礼物，小到一个小孩的智能玩具，大到一台电视机、洗衣机等，可是她对手机还是不太懂，因为手机的迭代和更新太快，她还是觉得自己完全跟不上手机的发展速度，她还讲到以前跟着护路队的时候还可以说一些汉语，但是现在好多话都已经不记得了，姑姑讲到奶奶有的时候还会说几句带着四川口音的普通话，逗得一屋子的人哈哈大笑。

那么到现在对于奶奶来说最大的期望是什么呢？她不急不慢地说："这个时代发展得太快，我已经有点跟不上，但是也因为很多新奇的东西，让我有更多的时间去研究，平常通过微信视频与孩子们进行聊天，我也知道孩子们的工作能力必须与时代的发展同步，但还是希望她们不要那么的累，希望有足够的休闲时间，更希望她们一直能像现在一样快乐，没有太多的压力。"

奶奶从封建贵族统治时代到改革开放时代，再到现在的互联网时代，前半辈子处处有压迫，没有一天时间是真正的属于自己的。后半辈子活得很安逸，子女各自在各自的工作岗位干得很稳定，奶奶自己的身体也一直很健康，现在还可以做到不用拐杖走路。在她八十三岁时一点一点地看着这个时代的发展，心中想到的不仅是自己以前美好的回忆，还有念着子孙们未来的生活。

"我活到这么大岁数，看到了很多人一辈子都看不到的东西，经历了一些人不愿意经历的事情和很多人渴望经历的事情。"奶奶可以说是一个时代有力的见证者，她见证了封建贵族的统治和腐朽的官僚体制，历经多年压迫后迎来了西藏解放，不久又见证了西藏民主改革开放，看到了上一个世纪的所有事情，跨越很长的一段时间线又见证了现代社会如此发达的互联网时代。

（文中人名均为化名）

（文 / 次仁拉姆）

书生的别样人生路

李文，1943 年出生于一个贫苦的工人家庭。1958 年，考入揭阳县四中学校，是班里的学习股和副班长。初二辍学后，曾到榕城造船厂、榕城财政所等地方工作，在此期间参加共青团组织。1965 年，调入棉湖镇镇政府当机要人员，参加“上山下乡”活动。下山后调配到揭西县第二建筑公司工作，任资料员、财务等职，在公司期间光荣加入中国共产党。1982 年，调回揭阳县第二建筑公司。他先后在建筑队、汽车修理厂等地方担任财务业务、厂长数职，2003 年退休。

一辈子的书生

6 月底的广东揭阳十分炎热，气温已经升至 35 摄氏度，让人喘不过气。在老城区角落的屋子里，小风扇呼呼地吹着略带热气的风，年逾古稀的李文依旧穿着长长的皮裤，端坐在电脑桌前写写画画，丝毫不觉得热。“我很担心跟不上时代，所以每天都会拿出点时间上网，看看电视新闻。”李文说。

“我一直就是一介书生”，他耸耸肩说，“党的书生”。

这位书生在八年前才有机会去到北京，在天安门的城楼下看看年轻时就向往的政治中心。但在那个年代，他哪里会想到能够有机会去伟人毛主席曾经“指点江山”的地方。在那里，李文微笑着留下了一张与天安门城楼的合影，而直到现在，这张照片还被摆放在家中客厅的电视柜上，非常醒目。

从小成长于贫困工人阶级家庭的他，展现出了异常强大的学习能力及在文字艺术上的天赋。1958 年，他凭着优异的成绩考入了当时县里最好的初中，获得了继续读书的机会。

“当年老师们都非常疼惜我，欣赏我的学习态度，看重我的学习能力。”李文向我们兴致勃勃地回忆起当时的情形。那时候，尚且年幼的他在全校同学面前表演“武松打虎”的故事，被高年级的老师看到后惊呼：“要是我教你了，一定要好好培养你。”在这种情形下，他有理由去尽情憧憬自己通过读书成为一名真正文人的可能性，以此来改变家庭经济条件。然而这个孩子的美梦，却在初二那一年被现实击得粉碎。

20 世纪五 60 年代，天灾人祸之下的中国一穷二白。作为一个偏僻的小县城，揭阳县不能幸免于难。县政府眼睁睁看着人们挨饿，却只能大声疾呼，让大家撸起袖子继续搞公社化运动。而在此之前，农村人民在“重男轻女”、“没有男孩誓不罢休”的思维下生了很多孩子，李文就是在这样的背景之下出生的，他的上头有五个姐姐，全家只有他和父亲是能够承担起苦力活的男丁，因此到了一定年龄，作为男孩的压力也随之而来。

1960 年春节，父亲又一次向他表明了让他去工作以挣钱补贴家用的想法。这对于期望通过读书改变命运的他来说，是完全不能接受的，这些提议一次又一次被李文当场拒绝。一开始父亲还是好言好语的劝说，到后来就变得暴跳如雷。

“你爸十四岁就出来打工，给人家做苦力，从小就会为你爷爷奶奶着想。好好想想你现在读这些书有什么用？”父亲吼了出来，最后更是撂下了一句狠狠刺伤了李文的话，“那你就天天想着你爸不老，你也用不着长大，天天张嘴吃饭就好了。”

李文感到很难受，痛苦地思考了几天，虽然心中对父亲的决定不满，但当时考虑到家中的母亲和五个姐姐还在等着吃饭，只能无可奈何地接受退学的现实。

由于学历不够，李文很难找到除了体力活之外的其他工作。最终，十几岁的李文被父亲安排到了工厂里，跟着周围三四十岁的叔叔们一道做起了敲蚝壳的行工作。敲蚝壳之后，他又去了货栈、造船厂、财政所等地方工作，他总是心中暗自难受，觉得此生再难与文化沾边。

然而，这一切的改变也来得很快，加入中国共青团这一契机使他拥有了进入棉湖镇政府的机会，随之而来的是上山下乡的潮流。

李文说：“我们主要是看毛泽东著作。那时候大家每天围坐在一起学习，向成为先进的团员或党员的目标努力。”很快，李文因为学习能力出众、接受知识速度快而成为政治先进性的代表。

在那座封闭的山上，黑板报是人们获取信息的唯一工具。随着李文越来越被组织所器重，这份出黑板报的文字工作也就被交给了他，他说：“这真是莫大的荣幸。”

每到周日中午，山上大汗淋漓的男女老少急匆匆放下手中的活，准备开始享受每周难得的半天假期。而李文却不能，他顾不上浑身的酸痛以及被汗水浸湿的衣服，一路小跑回到简易棚，去拿最新一期《人民日报》，顺带捎上背包里的《毛主席语录》。在黑板上开始进行全新一周的文书工作。

他轻轻擦去黑板上的旧文书，一笔一划写下“毛主席语录”五个字，黑板上游动着秀丽的字迹，而唰唰往下掉的粉笔灰粘在被汗湿的衣服上。大家都在一旁默默地注视着他，心中赞叹不已。黑板报这种信息传递的渠道让他们不用盯着全是小字的书报，而且李文写黑板报喜欢引经据典，文章内容非常生动。所以每到周日下午，黑板周围就会围着一批青年，仔细观阅板报，时不时地与一旁的同伴低声耳语，发表自己的观点。在这样的背景之下，李文渐渐成为了山上的名人。

除此之外，他手中的笔也成了沟通上下级的渠道。无论是市、县的直接命令，还是国家在报纸上刊登的最新政策，都通过黑板报的形式呈献给了山上的工人们。

1969 年，李文下山，经调配去当了很长一段时间的资料员。这对于天生有着文学梦的他来说，或许梦想与现实之间还是有着较大的差距，但他仍然认为自己永远是一位书生。

“虽然干的工作中很多都不与文书相关，但我这个初中文凭都不到的人也敢给大学生改文章，说明我功底还是不错。”他打开了烟盒，点燃一根叼在嘴里，试图说服我们：“可能你们这些年轻人都没有过这样的经历，对毛泽东思想的理解还是要靠我们这些老书生了。”

然而，书生很少向人提起的是，他也曾经做了很长时间的苦力活。

书生也要造“长城”

“每天拿着大锤头、用力地将几十个蚝壳砸碎，连夜背着几十斤的原材料交给建材公司，累得半死还拿不了几个钱，已经和补贴家用的想法差得很远了。”李文回忆起刚辍学出来时的生活，心痛万分，带给他痛苦的不是身体上的劳累，而是这种日复一日“实在是太枯燥了”的生活。但他没有选择，只能蹲坐在黑暗工厂的角落里拼命地砸蚝壳，无处宣泄心中的苦闷。

1962 年，居委的一封介绍信让他脱离了这种单调的工作，他曾经一度以为自己要在那个厂子里度过一辈子了。

“当时居委的老大哥很和善，为我介绍了一份造船厂的工作。”然而也是从那一刻起，注定了他与劳苦打交道的人生道路。

李文上山前的最重要的两项工作就是扛木材和给蔬菜称重。工作是日常重复的，但也有好处，就是他开始接触到更多来自不同地方的人，和他们打打招呼，给他枯燥的工作带来了新奇的感觉。

上山下乡是那一代青年最光荣的任务，棉湖镇的大量青年都在党的召唤下带着一腔热血上了山。当年的省委书记陶铸提出，要在棉湖南山建立“大后方”，一是为了向山下运送货物，二是为了培养青年。同其他人一道，李文作为棉湖镇上山下乡工作队成员也在此时跟随着镇长、公社书记在内的十来个人准备上山，他们站在南山的脚下，踌躇满志，准备大干一番，为国家建设奉献力量。

但到了山脚下，李文傻眼了，这山可远比他想象中的要高得多，他苦恼起自己是否能够走上去。他感慨道：“我只是在小时候听老人家讲过棉湖这个山峰叫‘九县崠’，从山顶望下来可以将周围的普宁、潮阳等九个县尽收眼底。当时还以为老人在吹牛，没想到真的有这么高的地方。”

肩上挑着几斤重的行李物品，大家踏上了上山的路，这第一次爬山过程给他留下了很深的印象，许多老同志在爬山的过程中累得迈不动双腿，瘫坐在路旁的大石头上大口喘气，年轻人也拿着身上的行军壶，拼命地往嘴里灌，仿佛这样能够减少身上的酸痛。李文也许是因为做过几年的苦力活，稍微轻松一些。

“那么长一段，得有几千级陡峭的阶梯了。”他站了起来，用手仔细地比划着，想展示当时的艰苦程度。“要是一两次还好，每个星期都要下来挑东西上山，把我们这群人给累坏了。”

所谓培养后生力量，就是让青年人上去做苦力活，锻炼自己。无论什么季节、天气，每天早上六点，李文就要跟他的同事们准时开始一天的工作。他们在山上日复一日地干着农夫的活，种杉树、水果、茶、板栗等，样样都要做，这是作为一名青年在那个时代应有的责任。到了大雨天，小分队还要穿着用杉木做的蓑衣，在电闪雷鸣中挥舞着锄头，给植物松松土，这样的农作物种植工作维持了十几个月。

说到吃住的问题，李文叹了一口气。住在简陋的临时帐篷这一点他还能接受，但关于吃饭方面，李文内心情绪非常复杂。他说："白米饭供应是无限量的，能够满足我每顿六七两饭的需求，这在当时已经算是奢侈的条件了。但是在那个偏僻的地方，就连一点下饭的东西都没有。山上全是泉水，没有任何油类食品的存在。"每天，他就用极少的调味料，和着白米饭，干巴巴地吃下去。这段经历让他在日后对咸菜产生了极大的渴望，即便到了现在，几乎每天他都还会买上一两条咸鱼用来下饭。

关于那座山到底有多么与世隔绝，李文告诉我们，山上的人从没看过汽车长什么模样，当时有农民牵着奶牛下山谋生，一人一牛看到会运动的大块头时吓得不轻，牛夺命直奔，拉都拉不住，还撞伤了两个人。于是在山中，物资稀缺成了最大的问题，如果有大米、日用品需求等，不分男女老少，都会参与到下山搬东西的行列中。

李文年轻，总是主动去挑最沉重的货物，并在最短的时间内将自己的那一份挑上了山。一趟下来让他有些喘不过气，但在简单休息了几分钟后，他又重新返回山脚，帮助中年同事以及女孩子们减轻一些压力。"即使你不挑任何东西去行走那段路也是一件难事，更何况要求女孩们背着东西走呢"，他掐灭了烟头，"我身强力壮，有责任帮一帮"。

在这种极高强度的劳作下，李文的腿出现了问题：脚指甲被劈断，只留下指甲内的肉，走起路来疼得直往脑子里直钻。鞋子在崎岖的山路中磨损严重，有的时候甚至是要穿着破鞋完成这项任务。但该做的事情他一件也没落下。

这一切，被当时同样派到山上锻炼的镇长看在眼里，这位五十多岁的中年官员在高强度的工作下时时力不从心，而在这位年轻人的帮助下，他感到身上的负担也小了很多。他感叹道："真没想到，书生也会建'长城'，而且比我们这些老党员厉害多了。"正是靠着这样的积极性，作为上山成员中年龄最小的一个，李文反而受到了领导们的一致重视。

下山后，李文脱离了苦力劳动，重返书桌。尽管在之后的日子里，有时仍然需要他做一些体力劳动，但强度比起从前不足一提。他的身体素质在山上得到了极大的提升，别人不再说他是"瘦瘦弱弱的小文人"，而是会称赞这位书生也能够承担起一份沉甸甸的责任。

唯一的一次矛盾

从小学六年级成为少先队大队委开始，李文对于抗日战争、重庆谈判等历史事件开始熟记于心。通过了解历史，逐渐对党有了感情。在加入中国共青团后，他通过细致完成镇居委的工作，获得了居委领导的一致好评，经推荐他进入了棉湖镇政府，后成为山上共青团书记，带领着青年们努力进行着每一项工作。他工作时身先士卒，这些都被党政的领导们看在眼里。

最令他骄傲的一件事是他的优良业绩。由于工作完成得很到位，当时的厂长非常看重他。谈到这个问题，李文提高了说话的语调，似乎带上了一丝自豪感："四五百号人的公司里，只有两个提级工资的名额。而我一个年轻人在进来没多久，就能占据其中一个，你说我能不高兴吗？老同志们真的都太和善了，我非常喜欢当时的环境。"他一直被老同志们所看好，那种氛围也激发了他加入党的信念。

而李文对于毛著的深刻理解也是他入党之路上至关重要的一点。这是怎么锻炼出来的呢？李文说，在山上天天读、天天背，再写写黑板报，心里逐渐就形成了一个非常清晰的框架。到后来，他深刻理解了毛主席的诗词，就能够扩写成一篇完整文章了，每逢遇到交流的干部或青年群众，他侃侃而谈自己的学习心得。在那个极度强调政治正确的年代，这显得格外重要。

1969 年，经过推荐，李文终于光荣地加入了中国共产党。这名老党员回忆起当初，还是说"当时太高兴了"。这层政治身份也给他的工作带来了很多便利。下山后，他顺理成章地被调入揭西县第二建筑公司，当起了财务，工资也有所上涨。

"其实我是被半'哄骗'着当这个职务的"，他苦笑地说："当时上面说老财务由于身体原因离开了职务，让我暂时性地填一填这个漏洞，谁知道一干就是十二年。我在公司里等了好久，一直没人来通知我调动职务。"但即便如此，在调动令下达以前，李文很少想过要离开这里。他觉得既然是政府要求他在这里就职，他就应该遵从调令，选择留守。

70 年代初，李文的两个女儿相继出生，家里一下有了生气。他分外高兴，工作也更加用心，期望挣更多的钱来培养两个孩子。但他的母亲却因为家中没有孙子而感到强烈的不满，要求他再生一个男孩。那时的中国已经开始进入计划生育时代，作为共产党员，拥有两个孩子已经不合规矩，母亲的要求无疑给他带来更大的压力。经过半年的考虑，他放弃了再要一个男孩的想法。母亲因此大发雷霆，一度与儿子冷战，但他也倔强地表示要听从党的指示，不做与党政策相违背的事情。

李文的这个决定也给家里带来了更好的生活环境。他的大女儿在接受采访时说："在当时那个被贫困笼罩的年代里，每户家庭普遍会生五六个小孩，因此别人家的孩子都只能被迫选择早早出去打工，补贴家用。而我的父母都是国有企业职工，工资待遇还算好，家里又只有我们姐妹俩。所以我们的生活条件要远远好过身边的同学。"

他这辈子唯一一次与政府部门发生"矛盾"是在 1982 年。那时候，李文的几位姐姐早已成家，而他在棉湖县也有了自己美满的小家庭。自 1975 年父亲去世以后，母亲一直独自一人在揭阳县生活，身边无人照料。想到此事，他心存愧疚。这么多年来，自己对母亲的关注太缺乏，而现在老人家年纪逐渐增大，该有个人全心全意守在她身边了。思及此处，李文决定向上级申请，调回揭阳工作。

但这一申请很快就被劳动局驳回，劳动局认为，他们全家人的户口都在棉湖县，不宜调动工作。

李文感到很气恼，跑去劳动局跟领导大吵了一架，还在领导面前狠狠地锤了桌子一拳。他很少发这么大火。但即便如此，劳动局也没有任何动摇的迹象，姿态强硬。

无可奈何，李文只能找到了自己以前在镇政府时的领导，希望他能够帮助自己，领导非常理解他的想法，随即向上级计委汇报了情况。在上级计委的同意下，李文终于被调回到揭阳县建筑公司。在这之后，他的妻女也都一同搬到了揭阳县，一家人终于在揭阳县中心的一块小池塘边住了下来，生活安宁。

"再经过了几次调动，生活终于稳定下来了，而我也顺利退休，日常生活也都过得很好。"李文缓缓地站了起来，准备结束采访。

"不过退休这么多年了，我一直没有忘记自己是党的文人，一直都在努力争取进步。75岁并不算什么，未来还会有很长的时间需要继续学习下去。"他爽朗地笑着。

（文中人名均为化名）

（文/吴仲抒）

砥砺笃行，翱翔蓝天

向未知前行

上海市静安区北京西路，是繁华璀璨的魔都里一条普通的街道。每天川流不息的车辆穿过这条窄小的柏油马路，道路两旁栽着一株株浓密的梧桐树，古老的石库门建筑仍被保留着，不时有人骑着自行车穿梭在里面的弄堂里，发出叮叮当当的响声。走在这条街道上，感受着砖瓦里散发出的历史厚重感，看着一家家装潢精致的商店，以及远处依稀可见的高楼大厦，才猛然想起身处在繁荣的大上海。

时间倒流回 19 世纪 50 年代，还是在这条平凡的街道上，一家市立高等中学的高三班级里，陈强（化名）手里攥着老师刚发下来的高考志愿表，拔开笔盖，认真地填写着后面的几个志愿，填罢他放下手中的钢笔，盯着志愿表空白的第一栏，这第一栏不是由自己去填写的，而是由学校填写的推荐名额。几个星期以前，学校里来了一批人，他们是来自清华大学核物理专业、哈尔滨军事学院、北京航空学院等几个学院的招生委员会，在全国各地的中学奔波宣传，招收未来从事国家建设需要的专业的学生人才。经过学校对家庭情况、政治情况和学习情况的考察，陈强被学校推荐去报考这些学院。几年前，他的哥哥也是通过这样的情况，被学校推荐给了北京航空学院。因此，他为自己也获得了推荐名额而感到高兴，母亲听到了这个消息后欣然同意，建议他也跟哥哥一样去北京航空学院学习，这样一来兄弟之间在异乡也能互相照顾。最后，他听从了母亲的建议，接受了航空学院的推荐。

招生委员会离开了，高考志愿也填完了，接下来就是耐心等待高考的到来了。回忆起高考，陈强并没有什么沉重的记忆，“当时的高考，不像现在这样，当时学生少、生源少，基本上参加高考都能升到大学去，思想压力没有现在那么大。”在等待高考的时光中，陈强记忆中的并不是学习备考的沉重压力，而是对未来的一丝迷茫。当年，这些院校专业招考对学生都是保密的，所以陈强当时并不知道自己报考之后将去到那里学习什么，“当时喜欢物理、化学，就想要学习这方面的专业”，因此他在志愿表上填满了各大高校的相关专业，但是对于志愿表上第一栏的这片空白，直到进入到大学之前，他都是一无所知的。

高考结束了，陈强顺利被北京航空学院录取了。中学生活就这样在平静中度过了，只留下了一个未知的前方，以及离乡的激动与对远方的向往。那是 1956 年，陈强整理好书本，收拾好行囊，坐上了驶向北方的硬座绿皮火车。刚满 17 岁的陈强，与满车厢和他一样对未来充满迷茫与好奇的学生们，高高兴兴地离开了上海，奔赴远方。坐在拥挤、嘈杂的火车上，听着铁轨嘎吱嘎吱的声音，看着窗外日出日落和渐渐开阔的景色，他思绪万分，“这以后的生活，在我读完大学后，基本上就是四个字，服从分配，服从组织的分配，组织分配你去哪儿就去哪儿，让干啥就干啥。”

大学时光

两天两夜后，火车轰隆隆地冒着热气驶进了北京火车站，大巴车停在站外静静地等待着学生们的到来。坐在大巴车上，看着窗外与家乡截然不同的广阔的平原景色，看着北京航空学院的校门映入眼帘，大学生活就这样开始了。

来到报到处，陈强才知道自己被分配到了 2 系 13 班，是电子设备系下的定位导航专业，是研究给飞机提供导航、起飞降落定位的设备的学科。一直以来对物理数学就很感兴趣的陈强，对这个专业自然也产生了兴趣，他努力地学习相关的理论知识，希望有一天自己也能为国家的航空事业尽一份力。“当时学的东西，在现在看来都很古老啦！”看看如今已是非常常见的晶体管、二极管，回想当年用作收发无线电的还是玻璃电子管，二极管这些“高级”设备还只是存在于书本里的理论与绘图。

航空学院的学制是五年制，学生们在学校的前几年学的只是一些理论课，到了高年级才会慢慢接触到专业的基础课。在四年级上学期的一天，陈强和往常一样安静地在课室里上晚自习，这时系里的老师来到教室，将陈强和其他几位同学叫到了系办公室。几个人围坐在一起，办公室的老师跟他们说，由于国家大发展和学校对科研教育发展的需要，一些新的专业需要被尽快建立起来，因此学校选中了他们几个，安排提前毕业，并进入到教研室去工作。就这样，陈强的大学生活似乎就从这里开始结束了，20岁不到的他，摇身一变，变成了站在讲台上给与自己年龄相仿的学生们授课的讲师。记忆中那个炎热的夏天，没有了往常的愉快轻松的暑假，而是埋头在书本讲义中，和一遍又一遍的授课演练。每天他都与辅导老师待在偌大的阶梯教室里，一个站在上面讲，一个坐在下面听，当老师是很不容易的，直到自己身处在这一方讲台前，陈强才意识到这其中的不易，什么部分需要板书在黑板上，讲到什么地方要停顿留给学生思考等等，全都是需要事先准备的。虽然在教研室做助教的经历只有短短的一年，但多年后回想起来，想起这枯燥而又充满意义的时光，陈强仍是感慨万分。

内心的挣扎

2015年，在中国人民抗日战争胜利70周年的阅兵仪式上，战机如云。他看着歼-20战斗机在空中呼啸而过，引擎声响彻云霄，这是全体中国人的骄傲。然而在距此近70年前，在1949年开国大典的阅兵仪式上，“飞机不够飞”和周总理一句“战斗机速度快，可以飞两遍”的窘境是多少人记忆中的苦楚，航空强国的梦想，是多少人的梦想，当然也是陈强心中的梦。1962年，陈强得到了工作调动的机会，是国防科委下属的在西安的单位，做导航研究的工作，怀抱着心中的梦想，和学以致用的想法，他毅然地接受了这份工作，打包好行李，拿上调令，坐上了开往西安的火车，和当初离开家乡来到北京一样，带着对前路的未知与期望。

接受这份工作，离开北京，去到遥远的西北内陆，陈强也是经过许多挣扎的。在把这个消息告诉远在上海的家人的时候，母亲是非常反对的，打了加急电报告诉他，“那里好苦，好荒凉的啊，你可千万不能去”。是啊，遥远的西北，在印象里是一片片黄沙大漠，是贫瘠荒凉的地方，那里的生活条件必定非常艰苦，在一切工作生活都是组织计划分配的当时，一旦接受了这份调令，更是不知道何时才是归期。

更何况，当时的陈强在北京已有了一份非常稳定的工作，是当时由航空学院分配的，在国家科委的文书工作。国家科委的办公室位于北京三里河，旁边就是钓鱼台，“当时我的办公室窗外头，可以直接看到钓鱼台里面呢”。然而，事情的转机发生在 1961 年，那是陈强刚进国家科委不到几个月的时候，全国科学大会召开了，陈毅元帅在报告中说到，全国有好多大学生、留学生，毕业、回国后专业不对口，感觉学了没有用，要对此进行调整，要学什么专业就去做什么专业的事。这份报告深深触动了陈强和他的几个同事的心，一行人拿着报告，去到国家科委办公厅找主任谈话，表达了自己希望能学以致用，为科研做贡献的想法。办公厅的主任听了他们的话，肯定了他们的想法，并同意将他们调到更合适的单位去。

勇敢去追梦

研究工作在西安的一个封闭式单位里进行，所有的科研人员都住在大院里，每天往返于宿舍与办公室，过着两点一线的简单生活。在以前的计划经济年代，所有的生活必需品基本都是凭票购买的，物资是定量分配的，每个人的生活水平都是差不多的。当时，陈强和哥哥每个月都会从工资中拿出一部分，寄回老家，贴补家里人的日常开支。生活在大院的小环境里，所有的日常活动基本都在里面进行，大院的外面就是黄土漫天的西北农田，唯一的外出活动，可能就是闲时偶尔在农田里散散步，采采野菜。在统一管理的封闭式的单位里，与外界没有过多的联系，大家都一心扑在科研工作上，工作生活充实、规律且平淡。

刚到西安时，陈强印象中最深刻的是，自己终于加入了人民解放军。这是陈强心中一直以来的一个梦想，在高中报考志愿的时候，他原本想去的其实是哈尔滨军事工业学院，"其实，当时我更想去哈军工，当时年纪轻嘛，觉得到了那里可以穿军装。"穿上军装，成了一直埋在他心中的一个尚未实现的梦想。来到了西安，他终于得到了这个机会，那是 1962 年 8 月 1 日建军节，陈强被批准加入中国人民解放军，授中尉。穿上了日思夜想的军装，他对自己所从事的这份工作更加感到自豪，并加倍认真地投入到科研工作。

在研究基地，陈强作为一名技术员，从事导航研究的工作。虽然自己大学时的专业学的就是定位导航专业，但是大学课堂里学的基本都是简单的理论知识，并没有真正碰过飞机，缺乏实践经历。

“真正学习到导航的知识，都是在工作中学的”，只有在工作中实实在在地接触到了，才能将理论转化为自己真正掌握的知识，并且将这些知识通过一次次实践真正应用到实处去。

在西安做导航研究，陈强有十多年的时间，一直在研究飞机的着陆。飞机驾驶难度最大的、最容易出事故的，就是飞机的起飞和着陆阶段，需要高超的技术和精确的导航设备的支持。飞机飞到机场上空六十公里以外的时候，要开始准备进入着陆阶段，陈强他们将此阶段称之为盲目着陆，也叫自动着陆，意思是能够让飞行员在不看飞机的情况下，实现自动着陆。在飞机着陆的这个阶段，按照下划线，利用导航设备，通过雷达机，将飞机的方位、高度告知地面人员。在研究室里设计、制造，再到飞机场一遍遍地实验、操作，在西安的近二十年里，陈强一直在做的就是这样的事情。

在 20 世纪 60 年代初期，在定位导航技术方面，国内是一片空白的，像如今的 GPS 卫星导航、北斗导航系统，也是不可想象的。所有的专业理论，所有的实操技术，都是一代代航空人，自己一点一点建立起来的。在研究所，为了弄清楚各种设备，各种复杂的理论，陈强不知翻阅过多少资料书籍，他还记得当年为了读懂国外的各种杂志、资料，从零开始努力学习英文，以前没有那么多的途径获取知识，他就每天拿着字典一个一个的背单词，为了更好地与外国技术人员沟通学习，他还积极参加研究所组织的口语课堂，锻炼交流能力。

“当时中国还没有卫星呐”，陈强感叹道，“卫星，在我们当时还只是理论，只是书本上写到的需要确定空间位置，进行三维定位的理论”。为了弄清楚导航设备，他们从国外买来别人甚至已经淘汰掉的“废机”，将飞机上的导航设备拆下来，拆开来，学会并尝试自己制造各种零件，组装成自己的导航设备。

马不停蹄的未来

新中国成立初，不仅是导航，甚至是整个航空事业，基本上都处于空白状态。中国的航天事业、航空事业，是无数的科研人员，自己琢磨、自己研究、自己创造、自己发明，一步步建立起来的。

对于陈强这一代的航空人，现在使用的科研技术，导航系统，对于当时的他们来说不可想象的东西，到现在慢慢地建设起来了。

2019 年，是新中国成立七十周年，中国从一个航空技术基础薄弱的科技弱国，从“一无资料、二无经验、三无设备”的处境中突破出来了。东方红一号升空，神州载人航天，歼 20、国产大飞机 C919 的首飞，北斗卫星系统全球组网……是无数科研人员在背后默默付出、艰苦奋斗的结果。回首中国航天航空事业这七十年，“就从导航来说，过去什么都没有，最早还是美国的 GPS，到现在终于有了自己的北斗导航卫星”，一切从无到有，从有变强，陈强为此感到自豪，“我们的导航系统，是自己研究出来的，自己建造、发射，到现在可以和别国去竞争，有能力竞争。”

对国家航空航天事业取得巨大发展感到骄傲欣喜的同时，他也深深地意识到其中的不足。他认为，虽然我国在航空航天技术上的某些方面已经发展起来，并赶超一些发达国家，但在一些基础建设方面我们与它们还存在着差距，从这个方面来看，航空航天事业的发展，还需要新一代航空航天人继续去努力。“我们现在已经有了基础了，应该在这个基础上，通过自己的努力，不仅要达到先进，还要有所创新。”在他们的时代，一切理论、技术都是向先进国家学习，到了现在，有些东西还在理论中亟待发明创造，需要靠我们自己的努力去创新，从无到有地去创造。一方面，我们的技术与发达国家仍存在着差距，需要继续追赶、脚踏实地地打好基础；另一方面，我们要勇于探索未知的领域，在现有的基础上去创新，去开拓属于自己的航空航天事业。

一代代热血沸腾的青年人，在这条漫长艰辛的道路上挥洒着青春的汗水，向世界展示着中国科技的风采。陈强为祖国未来的发展充满希望，也对新一代航空人寄予厚望。

（文中人名均为化名）

（文／朱嘉祺）